부분은 전체보다 크다

황금알 시인선 280

부분은 전체보다 크다

초판발행일 | 2023년 11월 27일

지은이 | 임동환
펴낸곳 | 도서출판 황금알
펴낸이 | 金永馥
주간 | 김영탁
편집실장 | 조경숙
표지디자인 | 칼라박스
주소 | 03088 서울시 종로구 이화장2길 29-3, 104호(동숭동)
전화 | 02)2275-9171
팩스 | 02)2275-9172
이메일 | tibet21@hanmail.net
홈페이지 | http://goldegg21.com
출판등록 | 2003년 03월 26일(제300-2003-230호)

부분은 전체보다 크다

임동확 시집

황금알

연이은 재난의 시대 속에서 아주 먼 곳이면서도 실상 아주 아까운 곳에서 울려 나오는 희미한 누군가의 목소리에 최대한 귀를 쫑긋하며 여기까지 왔다. 그게 거부할 수 없는 마음의 명령이자 요구이며, 무엇보다도 여전히 미지未知인 내 삶과 시를 이끄는 유일한 운명의 손길인 까닭이리라.

차 례

1부 진경산수도

2부 곤혹과 웃음 사이

3부 노래와 씨앗

4부 아직도 그 이유를 모른다

1부

진경산수도

참새 생각

행여 꽃진 개복숭아 나무 사이로 옮겨가지 않을까 생각하는 찰나

한낱 구경꾼의 예측을 한껏 비웃기라도 하듯 참새 몇 마리

뜻밖에 철근 자르는 전기톱 소리 요란한 신축공사장 쪽으로 푸르릉 날아가 버린다

이제 사전 동의를 구해야만 서로 입맞춤할 수 있다는 입법立法의 시대

이유 없이 끌리듯 내려앉고 또 날아갈 뿐인 늘 부산하고 부지런한 시간의 가지가

바로 제 먹이를 채집하는 임시 거처이자 돌연 휴식을 취하는 묘지라는 듯

겸재정선미술관 뒷동산 소나무 가지에서 잠시 짹짹거리던 참새들이 그러나,

제 마음의 명령에 따라 날아가고 날아오길 반복할 뿐인 자유의 참새들이

박꽃 피는 시간
— 영동시편 2

그저 수수방관할 수밖에 없는 수수께끼 같은 시간이 가만 그늘처럼 피워낸 흰 박꽃 위에 살짝 내려앉아 있다

자신만을 위해서 사는 것도, 죽는 것도 아니라는 듯 무심한 자생의 고독이 슬그머니 동네 입구의 녹슨 드럼통을 사사로이 비추는 시월

거추장스런 가식과 격식을 벗어던진 개구리밥, 과꽃, 다알리아가 오히려 생기 있게 생전의 화단을 꾸려가고 있다

3층 주택단지 난간마다 색색의 잘 마른 빨래들이 결승문자結繩文字처럼 펄럭이고 있는 호탄리의 오후

투명한 고요를 덥석 문 죽음의 먹이사슬이 배고픈 현재의 뱃속으로 끝없이 파고들다가 또다시 무인칭의 미래를 내뱉고 있다

손죽도

누군가 겨우 채집으로 목숨을 연명하던 그 먼 곳. 그러나 이미 원시의 석회질 속에 퇴적한 채 머물러 있는, 그러기에 너무나도 가깝고도 가까운 패총貝塚의 연안. 테트라포드*를 가벼이 날려버리는 폭풍의 파도를 통해 머나먼 시간의 지평으로, 문자가 없던 시대로 쫓겨나갈 때, 여전히 안개주의보가 유효한 바다 위에서 함부로 출항을 꿈꾸거나 저마다의 운명을 한낱 청미래덩굴처럼 가늠한다는 건 실로 어리석은 일. 그리하여 마침내 돼지 창자 속 같은 어둠을 뚫고 누군가 제 고향의 포구로 들어설 때, 그 언제라도 돌담길에 들어서면 늙으신 어머니가 왈칵 달려 나올 것 같은 뜻밖의 그리움을 만나는 건 각자의 몫. 아주 먼 바다로부터 불어오는 바람 속에서만 활짝 피어나는 세계만방의 꽃들, 더욱 먼 바다로 떠돌 때만 더욱 가까이 출렁거리는 잔물결의 손죽도엔 정작 아무도 주워갈 이 없어 땅바닥에 뒹구는 노란 살구향이 여름 공기를 그윽하게 적시고 있다.

* 테트라포드tetrapod는 방파제나 강바닥을 보호하는 데 쓰이는, 원기둥 모양의 네 개의 발이 나와 있는 대형 콘크리트 블록을 말한다.

고촌사거리

봄바람에 펄럭이는 광목천의 광고판, 깜박이는 거리의 신호등이 중얼거린다. 자전거 도로에 잠시 정차한 치킨 배달용 오토바이가, 건너편 우체국 옆 벚꽃이 재잘거린다.

서로가 알아들을 수 없기에 한껏 자유로운 말들이 마치 무심한 행인들처럼 오가는 고촌사거리.

미처 귀 기울여 듣지 못했을 뿐, 잠시의 침묵도 못 견디는 신축공사장 타워 크레인이, GS25편의점 입간판이 쉴 새 없이 속삭이고 있다.

누군가 무심히 그 풍경 속으로 가뭇없이 다가오거나 사라지는 동안, 신규분양 중인 오피스텔 건물 앞의 만국기처럼 펄럭이던 불통의 언어들이 혼잣말로 제각기 떠들썩한 오후.

하나의 목표 또는 목적지를 강요할 수 없는, 그 어떤 공통분모도 갖지 않는 저마다의 말들이 붉은 잇몸의 흰 이빨을 드러낸 채.

통영바다

문득 서퍼surfer처럼 거친 사랑의 해일 안쪽을 자유로
이 오르내리던 백석이

윤이상이, 박경리가 미처 다 부르지 않는 귀향의 노래
를 나직이 합창하기 시작한다

끊임없이 흔들리면서도 곧바로 난바다로 통통거리며
출항하는 한 척의 고깃배처럼

아니면, 뜻밖의 난기류를 잘도 헤치며 솟아오르는 한
개의 긴고리눈쟁이연鳶*처럼

통영 바다는 그때서야 은빛 파도의 맥동脈動으로 출렁
이며 모든 이들의 고향

오후 두 시 굴 양식장 부표 위에 갈매기 한 마리 위태
롭게 휴식을 취하고 있다

* 전통의 통영 연鳶 가운데 하나로 '큰바람이 일면 배와 배를 길게 묶어라'는
  의미를 담고 있다.

귀룽나무

마치 당연하다는 듯 오래 외부인의 무단출입을 막아선 길고 높은 담장에 스스로가 갇힌 꼴인 절대군주의 윤건룽

뭐라고 불러도 좋을 생기의 귀룽나무가 불멸의 꿈 너머 푸르디푸른 순정의 흰 꽃을 한껏 피워 올리고 있었습니다

봄 햇살 파고드는 4월 초순의 숲 사이 연한 풀을 뜯다가 생각난 듯 가끔씩 고개 쳐드는 고라니들이 마치 신성 가족처럼 다가오던 어느 날

그때서야 우린 더 이상 운명이라고밖에 달리 설명 안 되는 불가사의한 감정의 소용돌이에 몸을 실을 채

누가 먼저랄 것 없이 직진을 멈춘 연둣빛 우주의 한순간에 가만 질서를 부여하고자 위태로운 평형의 돌탑을 말없이 쌓아 올리고 있었습니다.

침묵
— 광주베토벤 고전 음악감상실*

낡은 소파에 1월의 겨울 햇살이 안단테로 게으름 피우
고 있는 사이

귀먹은 베토벤이 제 악보를 듣기 위해 마룻바닥에 귀
를 대듯

난 아직 오고 있는 것들, 아니면 벌써 떠나가는 네 곁
에 머문 채

여태껏 들킨 적 없는 내 흰 데드마스크를 잠시 벗어 내
려놓네

이제 꿈속에서 귀신을 봐도 놀라지 않는 시간의 마룻
바닥으로 건너오는 동안

바닥난 그리움의 귀청으로 자주 끊길 듯 간절하게 이
어지는 네 발자국 소리들,

하지만 어느 계열로 무리 짓거나 어느 시대로 분류될
수 없는 선율이

오, 이내 텅 빈 실내의 나무 기둥으로 솟구치다가 깃
털처럼 가만 내려앉는데

어느새 귀 멀고 눈멀어 더 이상 아무것도 보거나 듣지
못한 채

여전히 내 둔중한 발바닥으로 소용돌이치는 쓰디쓴 침

묵의 기척들
  비로소 제 스스로를 위해 연주하며 가만 한 발씩 내딛
는 너를 느끼네

여름의 내부

아무도 없으리란 걸 알고도, 바보처럼
뙤약볕 먼지 푸석한 긴 가뭄의 강둑길 걷네
행여 아직 거스르기 힘든 물살에 휩쓸려 들까
갓 부화한 다슬기, 송사리 치어들이 떼 지어
몰려있던 황구지천 개울가로 걸어 들어 가네
눈먼 사랑은
여전히 각자의 운명을 떠맡은 채 말없이
흔들리던 아카시아, 버드나무 가로수를 지나
한사코 바다로, 바다로만 흘러가 버린
강물처럼 아무것도 남아 있지 않은 그 여름,
오로지 보랏빛 토끼풀 반지를 낀 소녀만
덩그러니 남아있는 그 강변에 서 있네
아, 그러나 늘 짧고 아쉽기만 한
여름의 감각이란
쉴 새 없이 반짝이는 은빛 강물이거나
그 사이 찾아든 갑작스런 어둠 같은 걸까
이내 길 잃은 눈길은
가마우지 서넛 젖은 날개 털며 쉬던,
그 강변의 한 가운데 마구 소용돌이치는 물목

그만 놓친 손길 길게 뻗어 이제 아무것도
보이지 않는 흐린 강바닥을 어부처럼 더듬네

어느 봄날의 서사

아무도 주인공이 아니었던, 어쩌면 아무런 사태도 일어나지 않은,

꽃 피기 전에 이미 꽃이 마구 피어나 있던 그런 하루.

─매혹의 서사는 그런 특별할 것 없는 기억의 선물인 것.

오직 한 번뿐이었을 순수한 떨림의 말들이 익명으로 떠도는 밤거리.

벌써 흐릿한 근원 속으로 멀어져간 비인칭의 사건들이,

한 권의 시집에서 풀려나온 문장들이 온통 알 수 없는 이미지와 리듬으로 돌변하고,

낱낱의 의미에서 풀려난 단어들이 밤의 깊이로 속절없이 흩어져 갈 때

문득 너와 내가 얼굴 없는 이들로 거듭 황홀한 자체발광의 시간,

증언하거나 결정할 수 없는 신비의 순간들을 가두거나 마구 품어내며 저물어 가던 그 봄밤.

이제 누구라도 혼자가 아니다. 아무 곳도 아닌 곳, 바

로 그 어둠의 시대 저편에 언제나 그리운 누군가가 서 있다.

겨울 호수

행여 어떤 단단한 돌팔매질도 가닿지 않는 투명한 고요의 중심부로 기세 좋게 소용돌이 쳐가는, 그러나 언제나 절정인 시간의 목구멍을 한사코 틀어막은 채 가만 어깨를 들썩이는 겨울 호수. 제 영혼의 깊이를 쉽사리 들켜주지 않은 하회탈 같은 적막의 입술을 연신 달싹이며 기나긴 묵시의 혹한기를 건너가고 있다.

진경산수도眞景山水圖

더러 애교 섞인 목소리로 타박하기도 하는 한 인솔자의 손을 붙잡거나 등을 떠밀린 채 겸재정선미술관 뒤편 나무 의자에서 쉬고 있던 발달장애인들,

얼른 어른이 되고 싶었지만, 그러나 미처 어른이 되지 못한 두 늙은 어린이들이 힘겹게 올라온 초여름의 비탈길을 주춤주춤 도로 내려가고 있다.

언제나 걸작인 시간의 화폭 속으로 까닭 없는 슬픔의 그림자가 가만 농담濃淡처럼 스며드는 사이.

노래와 시인

　세상의 원리에 알맞게 진화한 두 박자의 심장과 허파를 고무공처럼 오므리거나 부풀리며 벌써 몸이 악기인 시인들은 곧잘 이제껏 마주친 적 없는 우연의 얼굴, 들리지 않은 침묵의 형상을 보여주지. 그러나 우리가 길가에서 어린 고양이처럼 천진하게 위험한 공놀이에 빠져 있는 잠시 동안, 얼마나 많은 노래가 매양 고열에 시달리는 아이들처럼 태어나고, 또 얼마나 시인들이 깊은 잠 못 이루는 노인들처럼 어디론가 사라져 갔던가? 그래서 이때 모든 노래는 늘 다른 이름의 욕망을 가진 갈망. 마치 의무인 듯 인간과 세상 사이 항상 너무 빨리 오거나 너무 늦게 오기 마련인 시인들은 멈출 줄 모르는 비극을 들숨과 날숨으로 박동하며 여전히 미처 완성되지 않는 둔주곡을 연주하지. 이미 그 자체로 무한인 지점으로 떠밀려온 시인들이, 꼭 한 번은 기적처럼 저마다의 목소리와 음색을 가진 노래의 리듬과 마주친 채.

피아노와 감자 캐기

감자 캐던 손을 씻고 잠시 피아노 의자에 나앉은 한여름 밤

여태 얼얼한 왼 새끼손가락이 뽑히기 전의 감자꽃 향기,

물집 잡힌 엄지손가락이 붉은 뿌리줄기를 단 채

씨앗 굵은 햇감자들을 투두둑, 밭고랑으로 끌고 나옵니다

그새 부어오른 손바닥으로 푸석이는 긴 고랑의 감자밭,

보이지 않은 흙 속의 진동이 산 그림자처럼 가만 밀려옵니다

담장 아래 애호박과 들깻잎이 제 부피를 늘려가는 다저녁

연신 목덜미와 등줄기로 흘러내리던 대낮의 땀방울들이

미처 예상하지 못한 야상곡을 연주하고 있습니다

아주 잠깐, 소낙비가 비닐하우스 지붕으로 쏟아진 사이

온종일 쭈그린 채 호미질하느라 지친 발바닥과

온몸의 근육들이 전혀 낯선 천지창조를 꿈꾸고 있습니다

거울을 보며

진흙 바닥 드러난 가문 장릉 호수 같은 흐린 눈에도
때로 걱정 없이 해맑기만 한 신록의 하늘이 깃드니,
  졸참나무 나뭇가지에 파고든 구멍 같은 슬픔의 심장에
도
  곤줄박이새 한 쌍이 부지런히 먹이를 물어 나르고 있
으니,
  152번 좌석버스 안 장애인이 내민 전단지를 펴보지 않
은 채
  황급히 하차해버린 마음 한구석이 그저 불편하기만 하
니,
  결코 비굴하게 살려 하지 않았으나 곧잘 흔들리고 마는
  버드나무 같은 마음에도 한 가닥 짙은 부끄럼이 남아
있으니,
  피와 눈물로 얼룩진 한국현대사 같은 곤혹의 나날 속
에서도
  한낱 자긍심이 소용돌이를 일으키며 여전히 날 밀고
가고 있으니,
  건들수록 덧날뿐인 빛나는 청춘의 치명상 하나쯤 가진
난 필시 행운아.

아니면, 한하운 시인 유택으로 가는 언덕길 폐지 실은 늙은 여인의 카트 같은 발바닥에도

　비에 젖은 노란 장미, 흰 찔레꽃 향기가 어김없이 묻어나니,

　쉬 역전되지 않을 것 같은 서글픈 운명과 동행중인 밤길에도

　희미한 달빛 동무 삼은 그림자 하나 틀림없이 따라붙고 있으리니

허준 근린공원

가양대교와 마곡철교 사이 한강물마저 꽁꽁 얼어붙은
한겨울 아침었는데요

홍수 때면 한강물이 강기슭까지 넘치기도 했다는 일대
에 들어선 허준 근린공원

얼음장으로 뒤덮인 인공호 가장자리에 인색한 신의 배
려처럼 물구멍 하나 나있었는데요

글쎄, 아예 텃세처럼 굴며 새끼오리를 키우던 물오리
가족과 그 무리들은 어디가고

대신 물갈퀴 없는 개똥지빠귀, 박새, 되새, 참새들이
마른 목을 적시고 있었는데요

누군가 얼음장을 깨보려는 듯 돌멩이와 공사판 각목들
을 던져 놓고 간 겨울 호수,

그 틈새를 노린 길고양이 한 마리 엄폐물처럼 솟은 광
주암* 뒤편으로 엉금엉금 기어가고 있었는데요

---

* 광주암: 경기도 광주에서 이곳까지 떠내려 왔다는 전설이 있는 허준 근린
  공원 호수 속의 바위.

2부

곤혹과 웃음 사이

희망의 시절

아주 잠시, 한 세계가 구약처럼 밀려날 때
그때 오직 우리가 바라고 바랐던 건,
무너져 내린 어느 제국의 한 귀퉁이 구원 없이
여전히 버림받거나 쫓겨난 자로 살아가기,
아니면 쓸개즙 같은 근원의 물기를
연신 핥는 혀들의 낯선 느낌을 지속하기,
하지만 그 이전에도, 이후에도
우리가 내내 사랑하고 의지한 건
일체의 희망 없이 희망의 전부를 꿈꾸기,
뿌리치기 힘든 국가의 명령보다 힘세고
더 완벽한 한 세기의 몰락의 아름다움,
또는 그 황홀한 불가능의 덧없음과 의기양양함.
아니면 미처 물러가지 않은 밤의 저주와
자꾸 질 나쁜 예감으로 뒤숭숭하던 그 시절,
우리가 그토록 간절히 찾아 헤매던 건
다가갈수록 멀어지는 지평 같은 절대고독,
혹은 실상 어느 것 하나 포기할 수 없어
다시 펼쳐 든 신약 같은 순간적인 사랑의 윤리.

미안하다는 말

104동에서 102동으로 건너가는 보도 곁 나무 그늘 아래 고양이밥을 주고 있는 여인을 모른 척 비껴갈 때

2호선 지하철 건너편 의자에서 꾸벅 졸고 있는 젊은 여성의 핸드백에 매달린 노오란 리본을 물끄러미 지켜볼 때

지팡이를 양 겨드랑이에 짚은 채 한 걸음씩 푸른 신호등의 6차선 건널목을 주춤주춤 걸어가는 노인 곁을 가만 스쳐 갈 때

화구火口에 삼켜진 아들을 대신하여 기꺼이 거리로 나선 어떤 어머니 눈가의 늘어가는 주름살과 우연히 마주칠 때

단 한 번의 고백이나 이별의 인사도 없이 헤어진 애인에게 끝내 전하지 못한 나의 변명이 문득 떠오를 때

누군가 강요하거나 채근하는 이도 없는데도, 기름진 밥과 좋은 술과 편안한 잠자리가 그저 달콤하지 아니할 때

너무 많은 자유가, 너무 많은 행복이 스스로 납득되지 않은 채 자꾸만 빚진 듯 마음이 불편해져 올 때

사월의 밤이 온다

이를테면 연초록 새움 돋는 상수리나무 아래서 문득
거짓말쟁이 역설을 떠올린다던가

우연히 마주친 자동차 번호판을 보며 오늘의 운세를
짚어본다던가, 그만 사라졌다고 믿었던 것들이 마구 되
돌아오는 사월의 밤엔

아무리 머리를 짜내고 조심해도 이해할 수 없는 뜻밖
의 재난들이 연이어 다가올 때가 있다

느닷없이 늙은 어미가 죽은 제 어미를 부르며 엎드려
기도한다던가, 삼국지에 빠져든 소년이 측백나무 그늘
속에서 걸어 나온다던가

몇 번이고 돌이켜 봐도 그 이유를 알 수 없어 어쩔 도
리 없이 그만 돌아서서 껴안길 수밖에 없는 슬픔의 봄밤
이 있다

그러나 갓 부화한 어린 참게들이, 뱃속에 잔뜩 알을
품은 잉어들이 끊길 듯 이어지는 꿈의 지류를 타고 한강
을 거슬러 오르는 활력의 봄밤엔

이게 아닌데, 이게 아닌데 하면서도 야음을 타고 결국
고개를 끄덕일 수밖에 없었던 아주 특별한 불가사의의
순간들,

그러나 썰물 진 한강 하구의 갯벌에 처박힌 닻처럼 녹슬어 가는 부끄럼들이 늘 허기진 오늘의 틈새로 파고들어 올 때가 있다

　그래서 원죄라고밖에 달리 설명한 도리가 없는, 뭔가 이상하고 난감한 결정불가능의 시간들이 갑자기 속도를 늦추거나 행여 멈춰 버릴 때가 있다

사십 년

물음이 물음으로 존재할 뿐 그뿐. 오직 묻고 대답하는 내가 있을 뿐인 끝없는 물음을 던져오는 동안,

죽은 자들이여! 당신들의 찢긴 육신들은 여전히 생선 궤짝처럼 그 거리 한쪽에 내던져져 있다.

눈알이 터지고 두개골이 깨진 아주 결정적인 부동의 기억들로 거기 그대로 방치되어 있다.

나의 입을 틀어막는 세월의 손길 너머 제 꼬리를 문 채 끝없이 돌고 도는 전혀 다른 시간,

밤새 갇혀 있던 그 날의 중앙초등학교 담장 아래 노란 장미는 어린 초병들처럼 조심성 없이 피어나고

가난한 아낙이 더 가난한 늙은 아낙의 등을 다독이며 '그래도 살아야지' 연거푸 격려하던 그해 여름의 목포 여객선 터미널 난간엔

때마침 불어오는 폭풍 속에서 빛바랜 노오란 리본들이 가시지 않은 슬픔처럼 찢길 듯 펄럭이고 있다.

죽은 자들이여! 그러나 낮에도, 밤에도 이 찬란한 날들의 눈부신 햇살과 비에 젖은 흙냄새를 의심하면서

나는 묻고 있다. 당신들은 그새 절규를 잃는 정치적 수사의 구호들 속에 있는가? 한낱 불분명한 은유적 장식

의 아름다움 속에 있는가?

　결코 응답 없는 동어반복의 질문과 회의로 훌쩍 지나가 버린 사십 년. 낯선 거리에서도,

　꿈속에서도 난 그렇게 힐문詰問하면서 모든 불투명이 구름 걷힌 하늘처럼 투명해지기를,

　그 투명함 속에 어느새 흰 구름처럼 깃든 모든 불투명함이 종내 노을처럼 빛나기를 바라면서

　길을 가다가도, 책을 읽다가도 잠시 고개 들어 나는 묻고 있다. 죽은 자들이여! 그 누구도 대신할 수 없는,

　당신들의 죽음은 짐짓 엄숙한 표정의 순례자들이 연신 피워내는 향불 속에 있는가?

　건들면 건들수록 파고드는 목구멍의 생선 가시 같은 무뢰배들의 저주와 혐오의 말들 속에 있는가?

　죽은 자들이여! 아니면 또 다른 변명과 비겁을 부르고 감추는 어설픈 가책과 자책 속에 있는가?

　이제 잘 단장된 무덤들처럼 질서정연하게 자리 잡아가는 역사의 시간 속에서 난 어제도,

　오늘도 소득 없이 이렇게 묻고 있다. 오로지 처음부터 거기에 있기에 어루만지거나 냄새 맡을 수 있는 당신들

을 지켜보면서

　그러나 내일에도 선택의 여지 없이 떠맡아야 할 질문
과 의심 속에서 난 그 무엇보다 더 또렷하고 생생하게
당신들의 숨결,

　최초에도 거기 그대로 멈춰 있었으며, 최후에도 거기
에 내맡겨져 있을 당신들의 심장 소리를 불러 세우고 있
다.

묵비권

어두운 뒷골목의 금품털이처럼 실정법주의자들이 무방비한 뒷덜미를 내리찍으며 거짓 자백을 강요당하는 사이, 처음부터 말할 권리를 빼앗긴 자들이, 그래서 법의 이름으로 자꾸만 법 밖으로 밀려난 자들이 공권력이 닿지 않는 높이의 타워 크레인, 다리조차 맘껏 펼 수 없는 강남 사거리 CCTV철탑 위 반 평짜리 고공농성장을 기어오르고 있다. 도대체 입 다물 줄 모르는 수다쟁이 같은 공론公論이, 일단 결정되면 좀체 번복할 줄 모르는 고집쟁이 같은 여론이 막무가내 취객의 토사물처럼 웅변을 쏟아내는 사이, 오래 암매장되었다가 발굴된 바수어진 뼈나 총구멍 난 두개골 같은 귀 먹고 눈먼 진실, 그래서 더욱 입증 불가능한 원죄 같은 결백이 병 속의 편지처럼 입을 꼭 다문 채 저만의 법정으로 향하고 있다. 어느새 치외법권 지대로 밀려나 있던 자들이, 그 어떤 망각도 허락하지 않는 어느 소녀상 같은, 언제나 때늦거나 승산 없는 역습의 증언을 더듬거리며 시작하고 있는 사이

축제

너희들은 누군가 가르치고 알려 주기에 앞서 보고 느끼는 대로 말하거나 토라지는 그대로의 존재,

색색의 옷과 안경, 신발과 헤어스타일로 한껏 꾸민 너희들 자신의 모습을 스마트폰에 담아

생전처럼 실시간으로 친구들에게, 단 한 번 만난 적 없는 sns 팔로우들에게 어서 전송하렴

그래, 과연 누가 있어 빛나면 그 뿐인 정직한 심장과 해맑은 눈의 너희들을 일으켜 세울 것인가?

아무렴, 평소처럼 맥주 한 잔 곁들여 이색적인 향신료가 일품인 낯선 나라의 음식들도 고루 맛보고,

누가 더 예쁘고 잘났는가를 다투기보다 기꺼이 따라하면서 서로가 비기는 유쾌한 상대주의자 또는 가치의 다신교도들로 돌아오렴

일사분란하게 발 맞춰 나가는 군악처럼 한 종족의 정서를 평균화하고 절대화하는 단조의 음계가 아니라,

저마다 뿌리 깊은 전통과 신화 속에서 저절로 솟아나는 박자와 리듬, 멜로디와 화음으로 서로 다른

국경과 인종, 역사와 문명에 아랑곳하지 않은 채 끝내 한 목소리로 장엄한 합창곡을 들려주렴

누군가 저승길이 춥지 않을까 핫팩을 붙여놓거나 생전에 좋아하던 과자와 음료수를 제물처럼 바치고,

일면식도 없는 시민들이 줄지어 묵념하고, 위로의 꽃다발을 전하고, 참회의 위령촛불을 켜는 연대의 밤

언제나 자유로운 것도, 순간마다 미래를 선택할 수 있는 것도 아닌 지상에서 밀고 밀치는 것이 아니라,

저만의 간격을 확보한 채 독무를 추거나 불쑥 서로의 손을 잡고 군무를 추는 무대를 꿈꾸렴

한낱 관광객에 둘러싸인 인디언 보호구역처럼 하나의 진실, 하나의 선, 하나의 신만이 옳다는 고집 센 신학,

한 곳의 그물망으로 몰아가는 토끼몰이처럼 하나의 진리와 국가를 강요하는 쇼비니스트의 구호,

오직 한 방향으로만 뚫려 있는 절망과 나락의 골목길로 내모는 형이상학 같은 헌법이 아니라,

해마다 너희들 낱낱이 전체이고, 전체가 낱낱인 손짓과 발짓, 어깨춤과 신명으로 한껏 달아오른 열정과 낭만의 축제,

그리하여 아무도 나이와 국적, 피부색과 언어를 따지지 않은 세계시민 그 누구라도 찾아오고 떠나가는,

못다 이룬 서사의 말과 수다 모두가 곧바로 시가 되고
노래가 되는 활기 가득한 할로인데이를 열어가렴

나의 무덤은 없다
— 단재의 아나키즘에 대한 옹호

유골로나마 고향의 울타리로 돌아왔다지만
난 여전히 고향을 찾아가고 있는 난민,
새로이 나의 국적과 호적을 회복하였다지만
어떻게든 난
한 나라의 신민臣民이 될 수 없는 망국민

죽어서도 갈 곳이 없는 나의 혼은
모든 국경과 민족의 장벽을 넘나들며
지금도 영구귀국할 조국을 찾고 있다

21세기에도 여전히 무너지지 않은 제국들이
염치없는 명분과 도덕, 자본과 성경을 앞세워
상품 항로를 개척하고 잉여의 영토를 확장하고
독점하는 유일자본주의 세계체제 속에서 난,

또다시 가죽끈 닳은 사서삼경을 덮고
흰 도포 대신 청파오靑袍를 갈아입고
신발 끈 조이며 얼어붙은 강을 건너
눈보라 치는 대륙의 벌판에 들어선 난민

누군가 지배하거나 지배당하지 않는 영원한 무정부주의
각자가 주인이 되어 서로 의지하는 작은 나라를 꿈꾸며
결코 성공이나 실패를 두려워하지 않는 아나키스트
무엇을 더 이상 열망하지도, 증오하지도 않는 자유인

이전처럼 위대한 영웅의 힘을 믿지 않고
부국강병의 독립 국가를 바라지 않는 나의 영혼은
아직도 보이지 않는 이념과 법률, 제도와 회계가
요구하는 명령과 굴종, 자유와 치안 지대를 지나
혁명과 죽음의 전선戰線을 홀로 넘나들고 있다

그러니 누군가 뒤늦게나마 봉분을 조성한다고 해도,
이제 난 어떤 국가에도, 민족에도 속할 수 없는 조선인,
그 누구에게도 머리 수그릴 수 없는 무정부주의자

설령 누군가 그 어딘가에 검불처럼 떠돌고 있을
내 머리칼 몇 줌을 찾아 환국한다고 해도,
다가오는 날들에도 크게 달라지지 않을 것 같은

세상의 질서와 안녕 속에서 나의 복권은 유보다

신과 악마, 사랑과 증오의 창칼이 서로의 목젖을 겨누
고 있는 한

나의 사상과 투쟁의 무덤은 그 어디에도 없다

보라매공원 2

쉬 가라앉지 않은 그리움의 진흙탕 속에서 동물 뼈나 수습하고, 주인 잃은 가방이나 뒤늦게 되돌려주는 게 고작인 사월의 보라매공원 호숫가. 갈가리 찢기고 갈라진 채 굵은 껍질로 우람한 수양버들 가지들마다 일생의 비밀처럼 깊고 그리운 색들이 몰려오고 있다. 여전히 아무것도 불러오지 못하는 기다림의 바닷길 속에서 기껏해야 망각의 유실물이나 꺼내 드는, 더 이상 그 어떤 권리도 행사하지 못하는 희망의 절개지切開地. 오직 한 번뿐이었을 순간의 색채들이 그 누구의 것도 아닌 시간의 닻줄 위에 겨우 인양된 신발짝처럼 정지해 있다.

비 오는 날

오랜 가문 끝 6월의 장마에 비옷을 한껏 잘 차려입은 서너 살배기 여자아이가

아파트 배수로를 넘쳐흐르는 빗물에 빨간 장화를 첨벙이며 제 엄마에게 들릴 듯 말 듯 '물오리, 물오리'라고 중얼거리고 있을 때,

교각 한구석 '신이 우릴 버렸다'가 새겨진 가양대교와 가끔씩 상하행 공항철도가 우연처럼 교차하기도 하는 마곡철교 사이,

금세 불어난 강물에도 연신 자맥질하며 먹이를 구하는 붉은 물갈퀴의 흰뺨검둥오리 한 마리 곁,

누군가 밤늦은 귀갓길에 "내 죽음을 아무도 슬퍼하지 않으면 해"란 유서를 남긴 채 어디론가 떠가고 있을 때

어디선가 나타난 참숭어 두 마리 앞서거니 뒤서거니 뛰어오르며 건너편 강기슭으로 횡단해가고 있다

곤혹과 웃음 사이

며칠째 폭염이 쏟아져도 흰 구름 한 점 불러오지 못하니
무논 갈던 황소가 콧김을 내뿜으며 먼 산 바라듯 지켜
보기
초로의 애인과 우연히 마주쳐도 이제 뾰족한 수가 없
으니
저도 몰래 흔들거릴 표정을 애써 바로 잡으며 자꾸 딴
소리하기
얼마 전 인천시립병원에서 생을 마감한 고향 친구의
상가에서도 달리 위로할 말을 찾지 못하니
1남 1녀의 어린 상주들을 등 뒤로 한 채 거푸 소주잔
비우기
극성스레 매미 울던 졸참나무 위로 잠자리 떼 날아와
도,
그새 몰려온 먹구름과 가을 저녁에도 결코 보태준 것
없으니
내가 할 수 있는 것이라곤 아무렇지 않다는 듯 지나쳐
가기
그러다가도 가끔씩 세상의 모든 곤혹과 웃음, 선택과
불가능 사이

매번 한 번일 뿐인 길 위에 멈춰 선 채 잠시 말동무하
거나 맞장구쳐주기

납득할 수 없는 세월의 불의와 변덕에 부끄럼만 덕지
덕지 늘어가도

그러나 대책 없는 순정 앞에선 그만 모래성처럼 무너
져 내리기

봉천동奉天洞

이름을 바꿔봐도 달라지지 않는 운명 같은 가난을 껴
안은 채 한 할머니가 아픈 다리를 끌고 쉬엄쉬엄 올라가
는 언덕길

더 이상 떠밀려 가지 않겠다는 듯 노상주차장의 자가
용들이 고집처럼 사이드 브레이크를 꽉 채운 채 힘겹게
버티고 있다

붉은 담쟁이덩굴이 칠이 군데군데 벗겨나간 해바라기
아파트 벽을 주춤거리며 구름 낀 초가을 하늘을 올려다
보는 사이

하나님의 권세로 '북진 통일'된다는 '멸공 진리 본부'
선전차가 정작 조롱거리가 되는 줄 모르는 농담처럼 지
나가고

과자봉지, 음식물처리봉투가 쓰레기 무단투기 경고판
아래 가파른 비탈길로 음식배달 오토바이가 이삿짐 트
럭 사이를 요리조리 피해 잘도 올라가는 11월

담장 밖으로 뻗어난 나뭇가지마다 잘 익은 모과들이
미처 집안으로 들여놓지 못한 화분의 끝물 토마토를 가
만 지켜보고 있다

잔디 깎기

늦여름 폭염이 끝나갈 무렵 이리 흔들, 저리 건들거리던

토끼풀, 바랭이, 여뀌풀, 닭의장풀, 흰 개망초, 분홍 유홍초가

미처 대오를 갖추기도 전에 마구 잘려나간다

수천, 수만의 벌떼처럼 윙윙거리는 예초기 강철 칼날 아래

때마침 교미 중이던 암수 방아깨비 한 쌍이, 술패랭이에 머리 박고

한창 꿀을 빨던 작은주홍부전나비가 갈가리 찢긴 채 튀어 오른다

철망을 타고 갓 피어난 인동덩굴이 전쟁포로처럼 끌어와 처형당하고

덜 여문 씨앗의 강아지풀 군락이 뿌리째 공중으로 휘날린다

단지 잔디 아닌 것들은 그저 영락없이 귀찮고 성가신 잡풀일 뿐인,

운 좋게 살아남은 것이라곤 솔이끼들뿐인 한낮 공원의 잔디밭

까닭 없이 죽어간 메뚜기, 각시거미 피 섞인 풀 비린
내가 범벅이다

  그러나, 과연 누가 일사불란한 크기와 질서의 잔디를
원하는 걸까

  아니면, 누가 조금치라도 웃자란 풀들을 불편해하며

  과연 누굴 위해 가차 없이 쳐내야 직성이 풀리는 걸까

  한낮이 지나도록 며느리밥풀꽃, 넝쿨별꽃, 도꼬마리,
장구채, 별꽃들이,

  그 형체를 알아볼 수 없는 배추흰나비, 노린재, 풀색
꽃무지의 사체들이

  미처 수습할 틈도 없이 흙먼지 가득한 하늘 높이 풀풀
날아오르고 있다

사생활은 없다

토요일 오후 짬뽕라면으로 끼니를 때울까 망설이는 동안, 인기정상 아이돌 가수의 냉장고가 통째로 끌려 나와 전시된다. 야심만만한 정치인의 침실과 어느 늙은 스님의 단식농성장 장면이 동시에 공개된다. 남의 시선을 한껏 먹고 날로 화려하고 요염해지는 리얼리티 쇼의 채널. 더 이상 비밀은 없다는 듯 중늙은이 아들이 요양병원에 들어간 늙은 아버지의 사진을 태연히 올린다. 어느 문화비평가가 코를 훌쩍거리며 자는 아내가 귀엽다고 느끼는 게 이상하냐고 묻는다. 성추문과 페미니즘, 미당문학상과 국회청문회를 둘러싼 신랄한 논쟁이 오가는 사이, 애써 자잘한 남편의 흉을 자랑으로 만드는 여교수, 자수성가한 친구의 고깃집을 선전하는 전기공, 어린 딸의 성장 과정을 낱낱이 알려주는 대학원생, 책 반납하러 달려왔는데 열람실이 닫혔다고 투덜대는 취업준비생이 셀카봉 앞에 서 있다. 인적 드문 목재공장 빈터에서 한 여중생이 집단으로 구타당하는 사이, 술 한 잔 부어줄 역사의 슬픔 대신 장난인지 실제인지 면도칼로 제 손목을 스스럼없이 그어대며 내일도 달라질 것 없는 사생활을 자진하여 실시간으로 생중계하고 있다

시 창작 입문 수업

만우관 3012 강의실에서 학생식당이 들어있는 임마누엘관 앞 5월의 숲속. 지난 시절 분신과 의문사와 자살로 유명幽明을 달리해야 했던 이들을 위한 비탄과 호격의 비문碑文들이 들어선 지 오래인 등나무 벤치를 시창작 입문 야외수업 장소로 택했는지 눈치채지 못한 몇몇이 막 피어나기 시작한 보랏빛 등꽃 향기에 취해 연신 감탄사를 내뱉는다.

…좀처럼 날 것 그대로의 관심이 관통으로 나아가지 못한 채 자꾸 눈에 보이는 것들의 색과 소리의 단순 기술이나 형태묘사에 그치는 아이들에게 문득 이 세상은 참을성 있는 관찰자에게 그 두렵고 놀라운 모습을 보여준다고 말하려다 그만둔다. 어디서 바람이 부는지 오후 수업 시간 내내 조화弔花와 꽃다발이 버려져 있는 수목장 주변의 노각나무 이파리들이 마치 미처 생각하지 못한 생각처럼 부산하게 머리를 뒤흔들고 있다.

안부를 묻다

마당에 널은 빨래들이 스스로 색이 바래길 기다리며 말라가는 하늘 푸른 가을날엔

무심히 산책로 나무계단을 내려가는 머리꼭지에 후드득 떨어지는 신갈나무 도토리들. 이번에도 쉬어가자는 듯 그 키 큰 나무 둥지를 바싹 기어오르다가 중간쯤 멈춰선 담쟁이덩굴. 아침저녁으로 부쩍 쌀쌀해진 날씨에 새파랗게 질린 얼굴을 한 숲속의 질경이들. 여전히 보도블록 사이를 부지런히 오가는 일개미와 지난 태풍에도 가만 숨어 잘 익은 모과들에게도 안부를.

별다른 사정이 없으면 하루 한 번씩 큰 집에 들러 할머니의 안부를 묻곤 했다는 생전의 아버지, 넙죽넙죽 받아먹기에 바쁜 늙으신 어머니가 부쳐오는 흰쌀과 김장김치들. 굳이 귀 기울이지 않으면 없는 것이나 마찬가지인 땅속의 지렁이 울음들처럼 어두워져야 비로소 빛나는 평범한 감정들. 그저 그렇게 꿈틀대거나 연명해가는 목숨들에도 때늦은 감사와 경의의 목례를.

발산대교와 행주대교 사이 자전거 길 흐린 가로등 밑
까맣게 몰려나와 으깨어진 동료의 내장을 핥다가 또 그
들처럼 죽어가길 반복하는 참게 떼가 문득 앞길을 막는
늦가을 저녁엔

천지창조

　늙으신 어머니가 차려주신 정성의 밥상에도 입맛이 없
을 때
　아무것도 할 수 없음, 어찌할 수 없음에 처음으로 내가
　차라리 인간으로 태어나지 말았으면, 하고 경악할 때
　며칠째 잔머리를 이리저리 동동 굴리고 끙끙거려도
　단 한 줄의 서정도 끌어내지 못한 채 헛되이 헤매일 때
　한껏 우주선을 쏘아 올리고 그걸 입증하는 사진을 전
송해 와도
　미처 다가가지 못한 밤하늘의 깊이보다 더 아득한 마
음의 흑점
　차마 통째로 도륙당한 시인의 심장 소리가 들려올까 봐
　밤새 뒤척이다가 뜬 눈으로 핏발선 새벽 창을 열며
　돌연 아무래도 꽃 대신 총을 들 수밖에 없다고 느낄
때,
　그러나 무기력하게 돌아설 수밖에 없었던 젊은 날이
　오래전 산산이 조각난 날 선 유리컵의 파편 하나가
　무엇이라도 찌를 듯이 방 한구석에서 빛나고 있을 때
　들을수록 쓸쓸함만 더해가는 아름다운 승리와 패배의
노래들

그리하여, 애써 집터를 닦고 기둥을 세워온 인류의 역
사가

다시 칼과 몽둥이들이 설치는 야만으로 돌아갈 때

제아무리 팔을 길게 뻗고 손가락 끝을 늘려 봐도

마치 신과 인간의 사이처럼 끝내 좁혀지지 않는 거리들

등을 받친 작업대와 긴 사다리가 천둥처럼 더 심하게
요동치며

여전히 마르지 않은 천정의 물감들이 제 눈 속으로 연
신 파고들 때

그러나, 건널 수 없는 삶과 죽음의 거리처럼 움푹 패
인 심연을 품은 채

잃어버린 시인의 심장이 다른 이들의 가슴속에서 다시
뛰며

저 멀리 손등이 패이도록 붙잡고 싶은 그리움의 문명
을 꿈꿀 때

그리하여, 또다시 세계의 심장에서 흘러나온 고동 소
리가

그새 전혀 다른 얼굴의 종족을, 사상을, 종교를 탄생
시킬 때

3부

노래와 씨앗

화식도花式圖

아무것도 보장하지 않으며, 아무도 들여다본 적이 없
는 내밀한 어둠의 내부

그러나 좀처럼 숨기기 힘든 그림자가 어른거리는 환한
대낮의 원소들

얼굴이며 정신인 이마에 처벌받듯 수수께끼 같은 시간
의 심지를 돋우며 피어나는 불꽃

그래서 늘 다가갈수록 멀어지는 지평선보다 한 발짝
더 멀리 간 그리움을 품은 채

단지 불을 견디는 백금처럼 어떤 절망도, 초조함도 단
련하며 투명해지는 횡단면의 본성들

그러나 좀처럼 곁을 내주지 않는 저만의 기준과 배열
로 외롭고 견고한 꽃 한 송이,

저 일체의 권리도 주장도 하지 않는 칸나의 근원에는

행복한 숨*

못내 떠나가지 못했으리
바람처럼 자유로운 영혼을
아무도 놓아준 적 없기에, 날마다
순한 눈빛 암소의 울음처럼 붉은 노을로
저무는 남녘 바다를 건너오리
단 한 번의 기적처럼 살다간 이여
아무도 떠나보낸 적 없기에, 해마다
하늘 푸른 아침의 흰 파도로 사무쳐 오리
아무도 잊은 적 없기에, 죽어서도
행복을 꿈꾸는 자들과 숨 내쉬며
백 년이고, 천년이고,
아주 떠나가진 못하리

* 문학평론가 故김현 30주기 추모 노래시

얼굴

갑자기 고사목을 연신 쪼는 오색딱다구리가 되거나
설해목 사이를 헤쳐 가는 멧돼지가 되어 씩씩거린다
똑바로 나가려 해도 비틀거리며 걷기 마련인
밤이 오면 표정 없는 밤하늘 위로 그새
두 다리처럼 꽉 오므린 풍경과 장소가 펼쳐진다
그러나 우리가 종내 갈 수 없거나 추방당하고 말뿐인,
전혀 통하지 않을 것 같은 정반대의 두 길이 사라지고
대신 산초 냄새 나는 미지의 골짜기가 앞을 가로막는다
끝없는 질투를 부르는 열정에 휩싸여 있을 때면
독재자처럼 굳은 관절 속에 묶여 있던 손발이 풀려나고
절대적 침묵과 긴장의 가면 속에 말려 있던 흰 얼굴,
왼손 검지를 파고들던 미싱 바늘 같은 아픔에
그새 못 보던 전혀 다르면서 같은 본성의 여신이
그러나 서로 다르기에 서로가 함께 나눌 수 없는,
어떤 판단에도 자유로운 나와 너의 생기가 피어난다
싫던, 좋던 사랑의 중력이 작용하는 동안
한 개의 직선만을 인정하는 평행선의 공준公準이 무너
지면서
　두 번 반복될 수 없는 순간이 영원으로, 일시적인 매

력이 영원한 지속으로 자리 잡는다
　　어떤 것이 우릴 명령하거나 유혹하는지
　　어떨 때는 자신이 누구인지조차 모르는
　　우리는 더 이상 아무것도 아니며 결국 아무도 아닌,
　　또 그렇기 때문에 무엇이든 될 수 있는 너와 나는

식물학자

만일 운 좋게 다시 태어날 수 있다면, 정말이지 어디
까지나 나의 꿈은 그때까지 알려지지 않는 희귀식물의
이름이나 학명學名을 짓는 식물학자. 아니면 온갖 나무와
덩굴 식물들을 층층이 심은 바빌론의 계단식 공중 정원
을 가꾸는 원예사. 그땐 정말 죄인처럼 질질 끌려가는
것보다 어디론가 한사코 나의 등을 떠밀고 가는 바람의
손길에 내맡길 거야. 그때에도 눈 한번 찜끔 감지 못해
나의 선택은 변함없이 최악일 게고, 세상은 여전히 믿는
것과 그 결과가 다르겠지만, 누구보다 날 더 잘 알고 있
는 이의 무르팍에 그새 무거워진 중력의 내 머리를 눕힐
거야.

그래 만일 내가 이 지상에 인간으로 다시 올 수 있다
면, 그땐 행여 밀물같은 벅찬 사랑이든, 불도저처럼 밀
려오는 불행이든, 아무것도 난 거부하거나 원망하지 않
을 거야. 그때에도 세상은 기회주의자들에게 더 많이 너
그럽고 친절하겠지만, 연이은 재난과 아주 드문 행운이
반복되는 어둔 밤길에도 공전公轉하는 달처럼 또 한 번의
생에도 결코 내가 주인이 아니라는 걸 잊지 않을 거야.

비록 그때에도 눈 한번 찔끔 감지 못해 바로 쥐덫에 걸린 쥐 모양 내내 끙끙대겠지만, 그게 무엇이든 마냥 투덜거리며 지내지는 않을 거야.

한낮의 유희

여름방학에 들어간 지 오래인 텅 빈 경인교대 안양 캠퍼스의 7월 한낮

실내 골프장 펜스를 넘어온 흰 공들이 잔디밭 사이 삭아가고 있을 때

일단의 젊은이들이 알루미늄 배트로 연신 야구공을 타격하며 소리치고

짝짓기에 맹목인 암수 호랑나비가 대운동장을 황조롱이처럼 활공하며 건너갈 때

결코 무게랄 수 없는 무게 때문에 자유로운 정적 너머 관악산 정상의 흰 구름은

변덕스런 애인처럼 언제 그랬냐는 듯 그새 전혀 다른 표정을 지으며 흘러가고

원하든 원치 않던 늘 거기에 머물러 있으면서 한사코 우릴 불러 세우는, 그러나

한낱 자랑도 부끄럼도 아니었던 심장의 박동이 저도 몰래 마구 뛰고 있었으리니,

간신히 몇 개의 꽃잎을 달고 있는 분홍바늘꽃 위로 어디선가 바람이 불어올 때

아무것도 두려워하지 말라, 필시 그건 장난기 많은 운

명의 유희를 겁내기보다

　되레 꿋꿋하게 맞서는 자들이 하나 되어 사랑의 도원
결의를 맺는 순간이었으리니

분홍바늘꽃
— 목포 1

거미줄 처진 알루미늄 대문의 빈집 뒤뜰에 곧게 자란
아열대 식물들이

세 줄의 굵은 철선으로 겨우 붙들고 있는 낡은 시멘트
담장을 넘어온다

그새 썰물이 지고 있는 동안에도 파란 양철지붕 플라
스틱 물통에서 흘러내린

빗물들이 가파른 계단의 수로水路를 타고 주르르 다도
해로 빠져나가는 사이

내키지 않으면 좀처럼 혀끝을 내밀지 않는 고집 센 심
지의 동력선에 의지한 사내들이

오직 튼튼한 위장과 뚝심 하나로 또다시 백 년의 풍랑
을 헤쳐 나아가고 있다

어느새 비밀처럼 차오른 밀물이 산비탈 꼭대기로 거슬
러 오르는 골목,

빨간 운동화의 그녀가 철제 난간에 기댄 분홍바늘꽃처
럼 위태롭게 서 있다

갯가 너머 섬들이 스스로를 구원하며 하나둘씩 흐린
등불을 켜 올리는 초저녁

벌써 참기름 부추 안주에 취한 술꾼들이 연신 헤픈 웃
음을 터트리고 있다

70

민어民魚
— 목포 2

더욱 간절하고 아쉬울수록 더 깊은 수심에 오래 가까이 머물다 가는,

그러나 끝내 오지 않는 문밖의 기척을 조바심하며 밤새 뒤척이는 사이

차마 쉬 떠나보낼 수 없어 이내 가슴 깊숙이 섬처럼 품어버린 시간들이

부위별로 살과 뼈를 잘 발라낸 횟감 같은 근대의 세관과 우체국,

한꺼번에 사라져버린 오거리의 성난 젊은이들을 수소문하며 우뚝 솟아 있다

여전히 지붕 낮은 아침 게스트하우스 담장에 마구 피어나는 개요등꽃 너머

더 이상 밑바닥으로 가라앉을 수도, 수면 위로 떠 오를 수도 없는 깊이의 부레를 공명실共鳴室 삼은 민어들의 울음들이

필시 백 년이 아니라 천년 또 천년의 기점이자 종착점을 꿈꾸며 국도 1·2호선을 꾸룩 꾸르륵 기어오르고 있다

사랑의 슬픔

어찌하여 그만 멈췄으면 하는데, 순간적으로 서로가
서로를 감염시키면서 또 서로가 서로의 항체가 되는,
아주 밉살스런 열병의 바이러스 하나를 알고 있었는데
요.
행여 운 좋은 이들은 더 좋아지는 법이라지만, 그러나
행여 내가 운이 나쁜 것인지 오직 자가 격리 또는
고독의 규범에 고분고분할 뿐인 내게도 예외 없이 파
고들어
수시로 저마저 못 믿을 마음의 발작을 일으키곤 했는
데요.
그 누가 있어 밀쳐 내거나 가로막을 수 있나요?
그저 맹랑한 아침, 밤의 고독으로 더욱 깊어진 눈망
울,
그러나 그만 멈출 줄 모른 채 깜박이며 어떤 저항도
무기력하게 만드는 저 조롱 섞인 명랑 소녀의 눈짓,
아무것도 빚지지 않았는데도 빚진 것처럼 날마다
늙은 신처럼 창문을 두드리며 다가오는 저주의 불가항
력을.

사랑의 이유

한 자루 촛불 같은 침묵만으로 됐다
어찌해볼 도리 없는 한 덩이 고독 대신
한 송이 장미꽃 같은 정교한 수열이나 설계 대신
혼돈의 순간마다 백지처럼 아직 더럽혀지지 않은
불멸의 아름다움을 불러들이는 것만으로 됐다
그래, 역사처럼 끊임없이 고증하고자 하지만
그대여,
아무것도 증명된 바 없는 모든 것들의 운명과
그때야 바닥을 알 수 없는 신비의 눈동자,
차마 바로 볼 수 없는 오랜 시대의 치부만으로 됐다
누구도 독차지하지 못하는 존재의 이유,
대책 없는 생의 무기력만으로 이제 됐다

양양 바다

사랑에 눈이 먼 겨울 바다

오직 한 사람만이 빛납니다

입에 문 박하사탕이 쓰디씁니다

큰 파도가 앞 파도를 지우고 떠밀며

낙산사 절벽으로 연신 물결쳐옵니다

어디에서도 찾을 수 없는 절정의 순간들이

흰 거품을 문 채 사납게 날뛰고 있습니다

이별의 힘

이미 탕진한 미래와 잘 훈련된 현재 속에서 꽃 지듯 어찌해 볼 도리 없이 몰려오는 혹은 뭐라 이름할 수 없는 무력감이 밀려드는 다저녁

금방이라도 비를 쏟아낼 것 같은 산등성이 안개에 휩싸여 있는 도시 한 구석, 행여 너와 불현듯 마주칠까 어느 지점에 망부석처럼 멈춰 선 채,

이제 어떤 만남도 이별도 불가능해진 과거의 너와 나 사이, 그러나 시작된 적이 없기에 끝나지 않은, 어쩌면 결코 끝난 적 없기에 날로 진화하고 변신하는 그 어떤 무한의 시간에 이리저리 이끌려 다니듯

때마침 보랏빛 등꽃들이 일제히 피어났던 그 벤치 아래서 너의 흔적을 더듬는 봄 밤

한 가닥 분노할 힘조차 빼앗아가는, 금도禁道를 모르는 끔찍한 막말과 참수가 벌어지곤 하는 세계로 끔찍한 서정시들이 날마다 석간신문처럼 배달되어 오고 있다

행주대교

일단 모든 선의를 의심하게 된 나날 속에서도 밀려왔다 밀려가길 반복하는 한강하구의 민물과 바닷물들,

지금 이 순간에도 쉬지 않고 중립수역으로 날아드는 노란부리 갈매기들처럼 요란한 운명의 웃음 소리를 듣는다

그래, 이제 그 누구도 제 손에 쥔 빵과 술병을 쉬 내주지 않는 세월 속에서도 우린 가만 머물러만 있지 않다.

아무런 보장 없는 내일에도 결코 이뤄본 적 없는 수평을 이루고자 강가의 돌 틈으로 파고드는 물결처럼 어떤 의무와 책임을 떠맡은 채 엉거주춤 서 있다.

그래서 더욱 이해하지 못하겠다는 듯 깜박이는 눈길들이 예의주시하는 낮 동안에도 우린

단기적인 목표에 아랑곳하지 않는 채 하구의 진흙 펄처럼 쌓이는 미래와 지평,

그러나 이 예측불가능한 습지 갯벌에 뿌리 내린 갈대와 같은 잇따른 전망 속에서 우린

침몰의 밤을 예감하고서야 비로소 안심하고 돌아누우며 타오르는 노을의 수평선,

저 망각의 심연이 손짓하는 조금 더 머나먼 항해의 하

구 쪽으로 한걸음 바짝 다가서고 있다

　날마다 달라지는 물결이 감추고 있는 황홀과 불안을
조금도 겁내지 않은 채

　행주대교 교각 사이로 강물에 스치듯 한강 상류 쪽으
로 활공해가는 한 마리 가마우지처럼 우린

우리는

기적처럼 마주쳤다가 다시 만날 기약도 없이
뿔뿔이 각자의 집으로 돌아가기 바쁜 우리는,
저마다 아름다운 하나씩의 비밀을 간직한 채
의심 없이 사랑하거나 가차 없이 배신당하기도 하는
우리는
지하철 계단을 오르내리는 무릎들처럼 단조롭거나
특색 없는 신파극에 때로 울거나 웃기도 하지
제아무리 하찮은 소식이라도 함께 기뻐하거나
느닷없는 재앙의 큰 슬픔을 함께 나누는 범위까지
가족이라는 것을 새삼 쓰리게 느끼기도 하는 우리는
매일 잠들기와 일어나기, 화장하기와 세수하기
그리고 출근과 퇴근의 반복 속에서 더러
아무것도 내세울 것 없음을 내세우면서도
굽힐 줄 모르는 의지의 예각을 드러내곤 하지
전혀 똑같지 않은 얼굴과 출신, 지역과 가문,
그리고 전혀 다른 정치 의견 속에서 첫사랑은
이루어지지 않는다기에 지금껏 고백을 미룬 채
바보처럼 애만 태우며 늙어가기도 하는 우리는
금이야, 옥이야 키운 누이의 눈가 잔주름에서 어느새

어머니 모습을 발견하며 놀라기도 하는 우리는
작은 것보다 더 작고 큰 것보다 더 큰 세상의 모든
꽃과 나무들, 먼지와 바람과 새, 땅과 하늘처럼 모여
마을을 이루고 도시를 건설하며 때로 어리석거나
위대한 역사의 주인공으로 합류하기도 하지
함박눈이라도 내리는 날엔 멈춰 서서
가만 버드나무 어깨를 짚어보기도 하고
그러다가 누군가 미치게 그리워질 무렵이면
호숫가 건너편 나무의자에 앉아보기도 하다가
심심해서 아주 심심해서 홀로 흥얼거리다가
그만 부산한 시간의 발걸음에 흠칫 놀라기도 하는 우
리는

이끌리다

밤 강물이 금세 양화대교 교각을 휘돌아 하류로 흘러가는 동안, 어느새 두 눈이 퇴화한 동굴의 물고기들처럼 서로의 손을 내밀고 있다

그때 우리가 할 일이라곤 아무리 가로막아도 저 강물처럼 금세 새어 나가버리는, 저만치 달아나버리는 감정의 수평선을 물끄러미 바라보는 일

결코 번복되지 않는 시간의 소용돌이 속으로 마구 휩쓸려가고 있는 동안, 저마다 허용된 각자의 배역을 꾸역꾸역 소화해내며

제멋대로 날뛸 뿐인 사랑의 불수의근不隨意筋이 선물하는, 언제나 낯선 운명의 절대명령 앞에 겁내거나 물러서지 않는 일

이내 우린 저녁 강물 속으로 뛰어든들 결코 달라지지 않을 예측 불가능한 순간의 영원 속으로 한사코 떠밀려가고 있다

4부

아직도 그 이유를 모른다

부분은 전체보다 크다

한마디 말이 천 냥 빚을 갚는다는 게 사실이라면,
한 개의 정자와 또 하나의 난자가 만나
한 아름다운 소녀와 한 튼튼한 소년의 몸과
정신으로 마침내 인류의 대열에 합류한다면
부분은 전체를 위한 합이 아니다
부분은 늘 전체보다 크다
연초록 느릅나무 이파리 하나가 보이지 않는,
흘러간 모든 시간의 흔적을 증명하는 것이라면,
철길 아래 깔린 무수한 포석鋪石의 하나가
더할 수 없는 쓸쓸함의 하중을 넉넉히 견뎌내며
시속 3백Km의 고속열차를 넉넉히 감당하는 중이라면,
때로 제지할 틈 없이 흘러내린 눈물 한 방울,
어떤 경우의 수에도 포함되지 않은 예외 하나가
문득 새로운 세계의 심장을 닿는다면
부분이 전체보다 먼저다, 악마도
천사도 이 부분 안에서만 날뛰거나 자유롭다면
부분은 전체의 합이다, 아니 부분이
그 모든 전체보다 무겁거나 무한하다
백 권의 역사서보다 김종삼의 '민간인' 한 편이

더 깊고 슬픈 얘기를 들려주는 것이라면,
마침내 풀뿌리까지 누워버린 김수영의 '풀'이
하늘과 대지, 바람과 비의 합창을 부르고 있다면
모든 전체는 허구다,
모든 부분 그대로가 전체다
한 개의 조사助詞, 한 구절의 문장이
혹은 한 편의 시가 단숨에 저 멀리
몇백 광년의 우주로 달려갈 수 있다면,
한 시인의 눈이 여전히 광속보다 빨리 사라지는
영원의 어깨를 붙들고자 밤새 앞서 달려가고 있다면.

무제

조금치의 호의와 방심마저 제 먹잇감으로 삼는 시간의 간악에도 잊지 못한 그때 놓친 손의 따스한 체온. 불 꺼진 봉안소를 찾는 자식 잃은 어미의 등 뒤로 예외 없이 뻗어가는 회상의 달빛. 여느 철학자의 사색을 정상으로 이끌어 가는 오솔길과 작은 계단들. 땡볕 속을 기어가는 일개미 같은 노고에 드리운 한 줄기 나무 그늘. 제멋대로 굴기 마련인 능동태보다 반드시 목적어를 가질 필요가 없는 수동태가,

무슨 특별한 의무나 타고난 용기보다 단지 그래야만 했을 뿐, 그럴 수밖에 없었을 뿐이었다는 고백. 어디선가 저를 부르는 소리에 그저 따라갔을 뿐, 정작 우린 아무것도 아니었을지 모른다는 수줍음. 솔직히 마냥 내키지 않았음에도 끝내 돌아서지 못했을 뿐이라는 변명. 그러나 결코 물러설 수 없어 조금씩, 아주 조금씩밖에 전진해올 수밖에 없었던 세월 동안 문득 현실이 된 죽은 자의 예언이,

알고 보면, 그러나 정녕 이로울 것도, 해로울 것도 없

는 이 작은 보이지 않은 것들의 힘들. 그리하여 결코 아름다울 것도 없는 아름다움, 가치랄 것도 없는 가치들이 금세라도 멸망시킬 듯한 세계를 일으키며 오래된 미래 쪽으로 우릴 거칠게 떠밀어 가고 있다

미소

아무에게도 가까이 가지 않았고, 또 아무에게도 멀리 떨어져 있지 않았다

술자리에서든, 행사장에서든, 토론장에서든 스스로를 내세우는 법이 없었다

사후에야 그의 장성한 아들이 죽었다는 사실이 알려질 정도로 그는 과묵했다

그렇다고 그가 기회주의자라던가, 처세술에 능한 사람이었다고 단정하는 건 오산이다

오히려 자신에게 엄격했을 뿐, 한없이 다정했던 그의 진심을 의심하는 이들은 없었다

하지만 산책길의 애완용 푸들처럼 그가 다급히 생의 저쪽으로 달려가 버렸을 때,

이상하게도 우린 그와 무슨 말을 나눴던 것인지, 그의 속내가 무엇이었지 떠올리지 못했다

그리고 마침내 배추흰나비 날개처럼 가난한 생전의 미소만 남은 그의 영정사진을 보며

그나마 남은 친구들조차 그가 진정 웃는 것인지, 우는 것인지 아무도 확신하지 못했다

다만 그의 미소처럼 우리가 필생을 두고 추구했을 가

치와 미추, 우열과 선악의 경계가 애당초 불투명했다는 걸 조금씩 깨닫기 시작했다

　우린 그때서야 어떤 웃음의 체계나 슬픔의 분류법에도 들어맞지 않는 그의 미소를 떠올리며 언제, 어디서고 하회탈처럼 감춰두었을 스스로의 슬픔과 고독을 응시하기 시작했다

거짓말쟁이의 역설

1.

난 작은 거짓말을 덮기 위해 더 큰 거짓말을 필요한 지독한 거짓말쟁이. 난 내가 거짓말하고 있다는 사실조차 몰라야 한다. 그게 거짓이라는 걸 인정하는 순간, 놀랍게도 내 거짓말이 순식간에 참말이 되는 역설이 벌어지고 말테니까.

2.

그런데도 지금껏 내 거짓말이 들통나지 않았던 건, 그걸 알고도 모른 체했던 이들의 탓만이 아니다. 혹은 내 말의 전부를 진짜라고 믿어 의심치 않았던 이들의 어리석음 때문만도 아니다. 어쩌면 날 끝없이 거짓말쟁이로 몰아가는 보이지 않는 힘. 어떤 경우에도 선택하거나 뿌리칠 수 없는 그 거짓말에 떠밀려가고 있는 자에 불과할지도 모르기 때문이다.

3.

그런데도 스스로를 속인다는 자의식조차 없는 난 지금 나의 진심을 말하기 위해 거짓말할 줄 모른다는 거짓말을 해야 할 처지. 그러니까 내겐 거짓말을 거짓말이라고 인정할 능력이 없다. 실정법이 어떤 판결을 내리든, 난 어디까지나 거짓말의 주연이 아니라 조연이다. 내가 거짓말하고 있다는 사실조차 의식치 않기에 난 무죄다.

4.
거짓말의 사슬에서 벗어날 수 없는 내가 거짓말쟁이로 존재하는 한, 난 멈출 수 없는 거짓말의 분신이다.

게임의 법칙

우린 무조건 시간에 맞춰 자거나 밥을 먹는 게 아니다. 원래 잠이 오거나 배가 고파서 자고 먹는 것일 뿐.

이처럼 세상의 어떤 규범도 절대적인 건 아니다. 필요에 따라 지우거나 다시 그을 수 있는 어떤 선에 불과하다.

어찌 그렇지 않겠는가? 모든 실정법과 시민 윤리 헌장과 혁명의 법칙 또한 우리가 잠시 묵인한 놀이의 공리公理에 불과하다.

예컨대 한 청년이 취객을 구하기 위해 지하철 선로에 뛰어들었다가 죽어간 것은, 딱히 그게 옳거나 당위여서가 아니다.

순전히 그건 우리들 자신도 모르게 하나씩 더 달고 있는 심장의 명령이었거나 그때그때마다 저들의 등 떠미는 미지의 힘.

왜 그렇지 않겠는가. 엄연한 국경과 체제 속에서도 스스로의 선택과 의지에 따른 저만의 규율과 법칙 속에서 살아갈 의무가 있다.

오로지 더 많은 이익을 얻기 위한 협상이 아니라 오직 낭비하고 즐기기 위해 사는 축제의 시간이 있다.

때로 서툴고 틀리게 추는 저마다의 춤, 그러나 모든 리듬의 중심을 지배하기 위해 그 리듬 자체에 몸 맡기는 저마다 즐거운 놀이의 시간이.

아직도 난 그 이유를 모른다

난 그게 어떻게 시작되었는지 전혀 모른다. 다만 그게 피할 수 없는 인과법칙 같은 게 아닌 건 분명하다

이를테면 난 지금껏 왜 내 마음이 온전한 사과보다 한 사코 벌레 먹은 사과, 둘째 딸이 생일선물로 사준 새 구 두보다 신발장 한구석에 처박아둔 스무 해 전의 낡은 등 산화 한 짝에 더 오래 머무르는지 잘 알지 못한다. 시도 때도 없이 내 눈길이 곧잘 상춧잎처럼 쉬 찢기거나 상처 받기 쉬운 것들, 아니면 그 연한 상춧잎을 갉아먹는 달 팽이 등껍질처럼 부서지기 쉬운 것들 앞에서 저절로 멈 추는지 지레짐작해볼 뿐

뭐 그렇다고 내가 타고난 휴머니스트라고 떠벌리자는 건 아니다. 무엇보다도 온몸의 무게를 지탱하면서도 정 작 푸대접받고 있는 발뒤꿈치처럼 내가 왜 보잘것없고, 가난한 것들 앞에 무력해지는지 굳이 그 원인을 추적하 거나 캐묻고 싶은 것도 아니다.
　─그럼에도 불구하고 이왕지사 내가 이 말을 꺼낸 김 에 한마디 한다면, 지금껏 난 내 운명의 주인이 나라고

확신하며 살아온 자이다. 하지만 언제부턴가 제 의지보다 왠지 그래야만 한다는 그 어떤 암시가 날 여기까지 떠밀고 왔다는 생각이다. 아니, 여전히 뭔지 모르지만, 앞으로도 그래야만 할 것 같다는 생각이 날 죄인처럼 떠밀고 가리라는 예감에 사로잡혀 있다

   하지만 요즘 들어 부쩍 난 그 우악스런 손길을 무작정 뿌리치기보다 꿋꿋하게 맞서는 것이 낫다고 믿는 중이다. 그게 여태껏 내가 알지 못한 사랑의 본질이고, 눈먼 맹인 같은 내가 유일하게 의지하는 상상력의 승리라고 느끼는 중이라 하겠다

시인의 아내

세상의 모든 여자는 귀신

영락없이 허풍선이일 뿐인
세상의 모든 남자는 아내,
어머니, 딸, 애인들에게
꼼짝없이
잡혀 산다

그중에서도
시인의 아내는
귀신 중의 상 귀신

단번에 시인의 수작을 간파하는
그녀의 직감 앞에서
한눈팔 여지가 없다
날로 변명만 벼룩처럼 늘어간다
　—그렇지 않아도 가진 것이라곤
　　　오로지 가난처럼 무기력한 상상력뿐인
　　　시인들의 세계정부, 영구평화론 구상을

이제 아무도 눈여겨보지 않은 지 오래다

하지만 시인은 그게 더 억울하다

본의 아니게 거짓말에 재미 들린 건
밤낮으로 귀신보다 무서운 그녀들을
행여 어떻게 잘 속여 볼까,
나쁜 머리를 짜내고 짜낸 탓이니까

그 등쌀에 소처럼 비실비실 뒷걸음치다가
쥐를 잡듯이 믿기지 않는 걸작이
간혹 걸려들기도 하는데
글쎄, 그건 순전히 귀신은 속여도
그녀들만은 속이지 못한 덕분일 테니까

입춘 무렵

청설모 새끼 두 마리가 스트로브 잣나무 가지에서 빼꼼 고개를 내밀고 있는 해발 73M 궁산 공원

삭정이로 얼기설기 아카시아나무 우듬지에 엮어놓은 까치집이 초속 21M 강풍에도 끄떡없이 잘 버텨내고,

저마다 혹독한 시간의 비밀을 푸는 도끼이자 숟갈인 부리를 가진 딱따구리는 죽은 지 오래인 밤나무 둥지를 연신 쪼아대고 있다

정상을 향해 한 걸음씩 걸어가는 굽은 허리에 지팡이를 짚은 할머니가 오르막에서 잠시 눈길을 돌리며 쉬는 동안

제주 삼다수 2L 병에 담아 뿌려주는 흰 쌀을 거부하듯 멧비둘기 한 마리 노오란 개나리 울타리 그늘 아래 부엽토를 연신 파헤치고 있다

혼자인 게 두려워 이리저리 떼 몰려다니는 겁 많은 참

새들이 사철나무 조팝나무 덤불로 옮겨간 사이

  늘 앞장선 미래 같은 새매 한 마리 늘 소란스런 연둣빛
지상의 현재를 굽어보며 제 먹잇감을 찾고 있다

추석 전날

저녁상을 차려놓고 한참을 기다려도
어디 가셨는지 돌아오지 않은 어머니
추석 한 달 전 칠월 백중이 생일인 지아비
휘영청 밝은 달빛에 밤길 내쳐 다녀가시라고,
어느새 굽은 허리 애써 펴거나 수그리며
이왕지사 마당도, 대문 앞도 쓸어 놨으니
시어미, 시아버님 혼령들도 가만 들리시어
막내며느리가 차린 차례상 받으시라고,
영영 안 잊히는 저승의 친정 부모님도
기꺼이 흠향하며 잠시 머물다 가시라고,
한 번 떠나간 뒤 감감무소식인 이웃들도
문득 고향마을에 들러 쉬어들 가라고,
이리저리 자식들이 애타게 불러도
대답하지 않는 눈 흐리고 귀먹은 어머니
저 먼 동구 밖 삼거리 길까지 쓸고 있네

얼음 거울

떼 지어 하늘 높이 나는 것도, 강바닥으로 자맥질하는 것도 더 이상 불가능해진 엄동의 하루입니다

배고픈 청둥오리 한 마리 그게 제 그림자인 줄도 모른 채 먹이처럼 연신 쪼고 또 쪼아보고 있습니다

별

— 서정주와 윤동주

한국현대시 1백년사 1905년생 미당 서정주와 1907년생 윤동주는 그들의 시 「한국성사략韓國星史略」과 「별 헤는 밤」을 통해 앞서거니 뒤서거니 혼돈의 시대를 건너가는 영원한 존재의 아날로지로 천공의 별을 자신들의 시 품 안으로 끌어들인 바 있는데,

문제는 어느 순간 아래에 머물러 있던 것이 위로, 위로 향하던 것이 아래로 바뀌면서 새로운 역사의 아이러니가 시작되었다는 것인데,

미당은 당돌하게도 개화 일본인이 허무로 도색해놓은 별을 자신의 십이지장 속으로 끌어오고자 했으나 동주는 수줍게도 아스라이 먼 곳에 있는 그 별들은 그대로 놓아둔 채 바라보길 선택했다.

터진 장腸을 꿰매면서까지 붙잡아두려 했던 미당의 별은, 그의 호언장담에도 불구하고 끝내 일탈하여, 오늘날 송학宋學 이후보다 더욱 먼 천공으로 건들건들 떠돌고 있는 형편이다.

반면에 그리움과 쓸쓸함과 부끄럼이 잔뜩 묻어 있던 동주의 별은, 가만 지상으로 내려와 지금도 자랑처럼 우리들 곁을 하늘하늘 스치우며 지나가고 있으리라.

그럼에도 불구하고*

이리와, 어미 닭 품에 안기지 못한 달걀 같은 생,
아침에 눈 뜨면 악령처럼 대기하고 있는 당연과
물론의 세계에 끝까지 소송을 걸어주시길
피 흘리는 현대의 이마, 채 설거지 끝나지 않은
역사의 화판을 칠하고자 하늘의 물감을 구하고
헤어날 길 없는 고통과 상처의 밑바닥, 홀로
장엄한 태양미사를 집전하던 이여
어찌 그게 당신만의 죄이고,
아무도 책임을 묻지 않는 당신만의 의무이리오만
모두들 악마 같은 중력을 뿌리치려
필사적으로 높이뛰기 하거나 솟구치기 하며
거듭 떠나온 지상으로 뛰어내리고 있나니
채 가시지 않은 세계의 의문과 울음 속에서도
사랑스런 플란다스의 소년과 힘을 다해,
저 먼 곳으로 가는 어린 화가를 보여주시길.
배부른 오른손과 오른쪽보다 가난한 왼손과
왼쪽 날개를 위한 당신의 협주곡을 연주해주시길.
누가 어찌 당신의 큰 슬픔과 놀아주리오만
대낮같이 밝은 지성과 가을밤의 흰 달처럼 자유로운

불멸의 창법을 갖춘 시인이자 시학자,
만인의 만신이자 우주의 배꼽이여
이리와, 눈먼 손으로 더듬어 온 가시투성이,
오갈 데 없는 이 지상의 무주고혼들을 어루만지며
따로 또 함께 묶여 아름다운 귀곡성鬼哭聲,
큰 자비와 긍휼의 만파식적을 더 오래 들려주시길,
그때야 여태껏 문밖에 서 계시던 어머니들이
빗자루를 타고 달리는 너털웃음 지으며 귀환하리니
그때야 죽도록 사랑해도 되다만 바람과 희망,
새벽과 혁명이 그토록 단단한 껍질을 깨고
한 마리 새처럼 무한의 하늘을 날아오르리니

* 김승희 시인의 정년퇴임식에서 낭송된 헌시 '그럼에도 불구하고'는 지금껏
  발표된 김승희 시인의 시들을 바탕으로 한 것임을 밝혀둔다.

수렵도狩獵圖

한 번 올라타면 내릴 수 없는 오늘의 말을 타고 전속력
으로 달려가는 유목민의 후예들이,

쉼 없이 말의 옆구리에 박차를 가하며 길길이 날뛰는
내일의 사냥감을 숨 가쁘게 뒤쫓아 가고

또 그렇게 화살촉처럼 말 달려가면서 금세 뒷전으로
스쳐 간 두 마리 말사슴[馬鹿] 같은 어제를 겨냥한다

저마다의 말고삐를 단단히 휘어쥔 채 그저 앞만 보고
달려가면서도, 바로 그 네 발의 속도만큼

뒷전으로 물러나는 시간의 정점에서 우는 화살[鳴鏑]을
연신 허공으로 쏟아 올린다

오직 온몸으로 달려가며 눈앞의 사냥감에 급급하기 마
련인 말의 잔등 위에서도, 아주 능숙하게

지레 놀란 야생의 짐승들을 늘 불투명한 미래가 쳐놓
거나 파놓은 덫과 함정으로 내몰면서,

숲속으로, 벌판으로 뿔뿔이 달아나는 사향노루, 멧돼
지, 표범들을 향해 힘껏 활시위를 당기며

그새 무너진 천년의 봉분封墳을 열고 또 다른 시간의
천년을 겨냥하며 떼몰려오고 있다

마냥 앞쪽으로 쫓겨 가던 호랑이들이 그만 돌아서 반
격하듯 지나온 길을 되돌아보면서도,
　사납게 날뛰는 스스로의 운명을 단단히 붙들어 맨 말
등에서 더욱 자유로운 저 고구려의 사내들이

노래와 씨앗

— 시간의 봉인

못내 아쉽고 그리워도 이제 그만,
제 것이 아닌 나의 노래는
분명 제가 보고 들으며 만지작거렸는데도
일체의 권리나 주장도 내세우지 못하는,
애초부터 증언할 수 없는 순간들의 소란
아무런 사건조차 일어나지 않은, 그러나
수습하기엔 너무 늦은 사태 같은 시간의 봉인
무수히 지우며 써 내려간 나의 노래 속엔
어떤 절망도 불가능한 자의 한숨, 혹은
아무리 애써도 종내 알 수 없는 하나의 음률,
그 모든 걸 집어삼키는 이미지가, 아침이 와도
꺼질 줄 모르는 가로등처럼 빛나고 있다

그러니까 이제 누구의 말도 아닌 나의 노래 속엔
작은 것보다 더 작고, 큰 것보다 더 큰 열망의 발아,
끝내 길들일 수 없는 불온한 요구의 씨앗들이 우글거
리고
그리하여, 하찮거나 고귀한 시간이 따로 있을 리 없는
나의 노래 속에선 더 이상 쓰라린 과거도, 황홀한

미래도 없이 잿더미로 변한 도시의 침묵, 그러나
일체 권리를 주장하지 않기에 한결 몸 가벼워진
희망이 한 마리 불사조처럼 솟구쳐 오르고 있다

화음
— KTX 역방향석에서

한사코 앞으로 달려가면서 봄눈처럼 빠르게 녹아내리
는,

벌써 뒤따라온 길을 회상하는 자리. 하나의 목적지로
끌려가면서

방금 스쳐 지나간 철길로 역류해가는 역설의 부산한
발자국들,

밀물이면서 썰물이고, 날숨이면서 들숨인 엇갈린 생의
노선들이

어떤 때는 서로 끌어당기고 또 어떨 때는 서로 밀치듯
따라붙는다

그러니까 모든 순간들은 처음부터 귀향이면서 출향이
었으며,

과거이면서 미래. 아니면 어디론가 끌려가듯 달려가는

후퇴이면서 전진이며, 사랑이면서 이별인 시간의 간이
역,

끊임없는 불화 속에서 하나로 버둥거리며 격렬하게 싸
우거나

여전히 서로 갈마들기를 반복하며 영속하는 투명한 현
재가,

또 하나의 출발선일 뿐인 종착역으로 도망가듯 내달리
고 있다

운명을 위한 각서, 군말의 시론

임 동 확

1. 시는 수동태다

누가 시켜서가 아니다. 돌이켜보면, 대학에 들어가기까지 작정하고 시 한 편 쓴 적이 없던 내가 시인으로 살고 있는 것은 어찌됐든 순전히 나의 의지와 판단에 의한 선택이다. 몇 번이고 다시 고쳐 생각해봐도, 모든 것들이 그저 막막하고 불투명했던 스무 살의 나이 상태에서나마 나는 내 삶의 가장 큰 선택이자 모험으로서 시인의 길을 자초했던 게 분명하다. 특히 나는 예전에도, 지금에도 난 내 운명의 주인공이자 모든 행동의 책임 주체라고 생각하며 살아오고 있는 중이다.

하지만 과연 그런 걸까? 어찌하여 나는 지금도 부모님들의 뜻과 달리 그처럼 무모한(?) 결단을 했던 것일까? 언제부턴가 나는 하루에도 몇 번씩 반복되곤 하는 이러한 나의 자문자답 속에서 실상 여전히 보이지 않은 채 나를 움직여 가는 그 어떤 순수한 힘을 느끼고 있다. 불행인지 다행인지 모르지만, 실상 그 이유나 원인조차 불분명한 채 마치 그래야만 할 것 같은, 그렇게 하지 않으면 안 될 것만 같은 은밀하고도 강력한 나의 내면의 요구에 시달린다.

필시 지금껏 나를 사로잡거나 앞으로도 떠밀고 가고 있을 운명이라는 시적 화두와 그로인한 수동성受動性에 대한 관심은 여기에서 비롯되었다고 할까. 무심코 나의 심장을 뛰게 하면서 나를 자꾸 어디론가 불러내고 떠미는 거부할 수 없는 미지의 인력引力이다. 운명이라고밖에 달리 이름 할 수밖에 없는 것들이 주는 신비 또는 두려움이 나의 주된 시적 관심사다.

졸시「이끌리다」는 그런 운명에 대한 나의 작은 응답이다. 나는 자신의 의지와 상관없이 '이끌려가는 나'와 그걸 '이끌어가는' 미지의 힘에 무기력하다. 결코 나의 주도권을 인정하지 않는 세상의 모든 매력적인 것들에 무방비다. 근래의 시국 사태 속에서 피고인 또는 피의자가 시종 신문에 대하여 진술을 거부할 수 있는 권리로서 '묵비권'에 대한 나의 관심도 마찬가지다. 단지 그건 법적인 차원의 문제가 아니다. 얼핏 매우 수세적이며 자기모멸적인 권리 아닌 권리로서 '묵비권'이 지닌 위력이다. 진실이 통하지 않는 시대나 상황 속에서 언어적 '침묵'이 지닌 역설적인 능동성이다.

80년 광주 5월이 사십 주기를 즈음에 쓴 나의 시「40년」이나 이른바 이태원 참사에 대한 시「축제」가 그렇다.

그처럼 나의 시들은 자꾸만 나도 모르는 힘에 떠밀린 채 그 어떤 바깥으로 불려가는 과정에서 탄생한다. 문득 예고 없이 다가서는 것들을 그냥 흘려보내지 않은 채 붙잡은 것들, 그러나 어쩌면 영영 붙잡을 수 없는 것들에 대한 곡진하고 절실한 기다림 끝에서 나온다. 어찌할 수 없는 생의 그리움이나 이끌림에서 오는 '떠밀림'에 대한 피동적인 응대이자 그걸 능동적으로 떠받들려는 과정의 산물임이 분명하다.

자꾸만 그 어딘가로 나를 이끌고 등 떠미는 것들은, 그러니까 단지 말로 표현하기 힘든 개인차원의 무의식이나 피치 못할 인과법칙 같은 만은 아니다. 지금까지 애써 쌓아올린 인류의 경험이나 소중한 역사적 진리를 부인하거나 폐기하려는 반인륜적이고 반역사적인 사태들에 대한 분노와 연민의식 또한 나의 몸과 마음을 움직여 가는 그 무엇이다. 애써 쌓아올린 인류의 자존감을 파괴하는 비인간적이고 반역사적인 세력과의 싸움 역시 나의 시적 발길을 붙드는, 그러나 꿋꿋하게 맞서야 할 알 수 없는 바깥 중의 하나가 운명이다.

2. 시는 역설이다

제 아무리 화려하게 핀 꽃도 언젠가는 반드시 시들기 마련이다. 세상에 존재하는 모든 것들은 바로 삶과 죽음, 피어남과 시들어감, 기쁨과 슬픔을 바로 그 자신의 내부에 동시에 갖고 있다. 그런 만큼 일견 서로 반대되는 성질의 것들은 반드시 적대적이거나 부정적인 것이 아니다. 오히려 그러기는커녕 저들도 모르게 서로 분리될 수 없는 상호보충의 극성을 지니고 있다. 더 이상 서로 맞서 싸우기보다 서로 도우는 역설적 관계 맺음의 결과로 피어난 것이 한 송이 꽃이다.

예컨대 우린 왜 화려하게 핀 모란꽃을 보면서 '찬란하다'고 느낌과 동시에 왠지 모르게 '슬프다'고 느끼는가? 형식논리로 보면, 그야말로 '찬란한 슬픔'(김영랑)이란 역설어법의 시구는 어불성설이다. 그런 이분법적 논리대로라면 우린 찬란하거나 슬프거나 해야 한다. 제 눈앞의 한 송의 동일한 꽃을 두고 '찬란'과 '슬픔'의 두 감정을 동시에 느낀다고 말하는 자체가 있을 수 없다. 하지만 제아무리 화려하게 피어있는 꽃이라도 영속적으로 그 상태를 유지할 수 없다. 모든 꽃들은 상반된 에너지가 특정의 시점과 장소에서 일시적이나마 최고도 균형을 이룬 상태일 뿐이다. 반대로 그 균형추가 기우기 시작하면 그저 하염없이 지고 말뿐이다. 마치 한 송이 꽃처럼 처음부터 개화와 낙화, 탄생과 죽음과 같은 서로 반대되는 힘을 내장하고 있는 모든 생명이 지닌 역설이자 비밀이다.

나는 그걸 내가 한때 살았던 '겸재정선미술관'의 풍경 속에서 새삼 확인한 바 있다. 거기서 어느 날 나는 미술관 뒤편 나무의자에서 쉬고 있던 일군의 발달장애인들이 한 인솔자의 통솔에 따라 서로의 손을 붙잡은 채 애써 올라온 초여름의 비탈길을 도로 주춤주춤 내려가고 있는 것을 보았다. 그러면서 몸이 불편한 저들로선 무척 힘들게 올라온 길을 다시 도로 내려가야 한다는 사실의 엄연한 의미를 되새겨본 적이 있다. 다름 아닌 그 날 그들이 보여준 풍경이야말로 우리가 살고 있는 세계의 실상이자 영원히 지속되면서 변화해가는 삶의 '진경산수도'로 다가왔던 것이다.

이처럼 내가 주목하는 시의 자리는, '올라옴'과 '내려감' 같은 서로 다른 것들이 영원히 갈등하고 분열하는 비극의 현장이 아니다. 그렇다고 또한 그 둘 사이의 간극을 억지로 화해시키거나 강제로 봉합하려는 가짜 평화의 회담장이 아니다. 한 치의 양보도 없이 치열하게 다투면서도 기꺼이 손 내밀고, 홀연 흩어지면서도 다시 모여드는 역설의 무대다. 분명 둘이되 서로 뒤섞인 채 느끼고 껴안으며 하나로 감응하는 사랑의 침대. 일견 서로 모순되는 것들이 뒤엉킨 채 부단히 운동하고 생성하는 자리가 결코 흔들릴 수 없는 영원한 나의 시적 기반이다.

내가 이웃들과 부대끼며 살아가고 있는 이 세계는 어제도 오늘도 내일에도 여전히 음이면서 양이고, 들숨이면서 날숨이다. 생명이면서 죽음이고, 악마이면서 천사다. 절망이면서 희망이고, 샘물이면 바다인 역동적인 이

중성의 세계를 펼쳐주며 어디론가 마구 흘러가고 있다. 가끔씩 우리가 서로가 서로에게 섞여들고 자유로이 넘나드는 모순과 역설의 세계 속에 살고 있다는 것을 보여주면서. 자주 모순과 역설로밖에 파악되거나 이해될 수밖에 없는 게 우리들의 삶과 역사의 적나라한 실재라는 것을 아프게 일깨워 주면서.

자기모순을 포함하는 역설은, 그런 까닭에 좀처럼 옳거나 그른 것, 참과 거짓, 아름다움과 추함의 경계를 가르고 판정하기에 바쁜 부릅뜬 판관의 눈을 하지 않는다. 오히려 기존의 상식이나 선입관에 도전해온 역설은 그런 상투화되고 보편화된 우리들의 세계이해에 대한 정직하고도 삐딱한 아웃사이더 눈을 하고 있다.

언제부턴가 나의 시들은 이런 형용모순Oxymoron 또는 모순어법으로 접근할 수밖에 없는, 그래서 또한 모호하고 난해하게 비춰질 수도 있는 삶과 세계의 실상에 주목해 왔다. 설령 오로지 자기의 존재 확보만을 위해서라도 반드시 타자의 존재를 요청할 수밖에 없는, 그러나 이분법적이고 단선적인 사고나 지각의 한계로 곧잘 눈에 띄지 않는, 그래서 입자이자 파동의 느낌으로 다가갈 수밖에 없는 모든 생명의 자기 전개 지점을 염탐하고 육박해 들어가고자 했다.

다시 말해, 나의 시적 관심사는 이것이냐, 저것이냐가 아니다. 서로 다른 것들이 낯붉힌 채 끝없이 갈등하고 분열하는 투쟁의 자리가 아니다. 또한 그 둘 사이의 간극을 억지로 화해시키거나 강제로 봉합하는 협상의 회담장도 아니다. 언제부턴가 어두운 면과 밝은 면, 창조와 파괴가 동시에 진행되는 대극의 마당이다. 경우와 입장에 따라 마치 우릴 위협하는 것처럼 보이는 혼돈한 세계의 다양성과 생의 비합리성의 얼굴이다.

더 나아가, 한 치의 양보도 없이 치열하게 다투면서도 기꺼이 손 내밀고, 홀연 흩어지면서도 다시 모여드는 접점이다. 분명 둘이되 서로 뒤섞인 채 느끼고 껴안으며 하나로 감응하는 결절점이다. 나누면서 결합되고 결합되면서 나뉘는 '아난케Ananke'의 자리가 내가 오랫동안 머물 시적 발원지이자 앞으로 되돌아갈 나의 시적 귀향지다. 일견 서로 모순되는 것들이 뒤엉킨 채 부단히 운동하고 생성하는 자리가 결코 흔들릴 수 없는 영원한 시적 기반이라고 해도 좋을 것이다.

3. 시는 절정이다

그게 무엇이든, 존재하는 모든 것들은 최고조에 이른 상태나 경지를 의미하는 '절정'을 도모한다. 그렇지 않으면, 그동안의 개인과 집단의 삶과 역사, 문화와 문명의 진화와 창조는 한낱 무의미한 반복에 지나지 않는다. 만개한 꽃처럼 극한의 자리에서 저절로 터져 나오는 그 무엇. 더 이상 참으면 터져 버릴 것 같은 그리움의 한 순간. 느닷없이 찾아든 사랑의 불길에 금방이라도 온몸이 타버릴 듯한 절실함. 그래서 그만 미쳐버리거나 생을 포기하고만 싶은 절박감. 이러한 절체절명絕體絕命의 순간이나 사건이 일어나지 않는다면, 우리들 삶과 역사는 그저 무시간적이고 무의미한 진행이나 지루한 권태의 연속에 지나지 않는다.

그러니까 우리들 자신도 모르게 뭔가 가슴 속에서 말 걸어오는 것. 단조로운 생활을 더 이상 못 견디게 되면서 무섭게 끓기 시작하는 정신의 비등점沸騰點. 한 발자국 더 나아가면 곧장 죽음의 낭떠러지로 추락할 것 같은 절실함이 없다면, 우리가 살고 있는 세계나 우주는 단지 풍선 속의 기체처럼 아무런 변화도 일어나지 않는 물리적인 평형과 수학적인 균형 상태를 유지할 뿐이다. 특히 우린 그 속에서 영원히 아무런 사건도 체험할 수 없는 무능력과 무기력에 노출된 사물의 덩어리에 지나지 않을 것이다.

모든 '절정'은, 그러기에 더 이상 올라가거나 추구할 게 없는 최상의 상태만을 의미하지 않는다. 오랜 어둠과 질곡 끝에 마침내 도달한 영원한 평화나 안정, 완성이나 정지, 초월이나 탈속의 유토피아를 의미하지도 않는다. 오히려 극히 사소한 움직임 하나가 요동치며 거대한 변혁의 힘을 드러내는 장소. 그리하여 개별자들의 자유로운 독자성과 사회의 자유로운 힘들이 무한한 힘으로 전화轉化하는 터전. 서로 다르고 이질적인 것들이 자연스레

공존하면서 참여하면서 새로운 의미 연관관계로 나오는 자리가 혼돈의 장. 마치 모래알 하나가 파국적인 대지진으로 이어질 수 있는 한계점이다. 모든 시의 영원한 시원이자 발화점으로서 과도하게 민감한 임계상태critical state가 다름 아닌 '절정'이다.

따라서 나의 시는 끝과 구분되는 처음 또는 단초의 의미로서 시작Beginn이자 종말로서 끝을 탐하지 않는다. 말 등에 올라탄 채 전속력으로 달려가면서도 뒤로 화살을 쏘는 고구려 무용총 벽화 속의 사냥꾼처럼 서구적 의미의 직선적 시간의 흐름이 일순 파열하거나 응축하면서 현재와 과거 그리고 미래 사이의 단절을 연속성으로 뒤바뀌는 시원Anfang을 주목한다. 그럼으로써 KTX의 역방향석처럼 뒤로 끌려가면서 앞으로 나가가는 이질적인 역설의 세계들을 통합하고 화해시키는, 거듭 반복하는 근거로서 모든 사태의 원형과 같은 근원Urspung에 한 걸음 더 다가서고자 한다. 마침내 나는 단적인 사라짐도, 새로운 출발도 없는 '무시무종無始無終'의 시간 또는 순간이 영원인, 영원히 순환하는 그 어떤 절정으로 등 떠밀려 가는 것을 느끼면서.

4. 시는 순정이다

모든 시는 어찌됐든 일단 의사소통의 도구이자 감정

호소의 한 방편이다. 솔직히 거의 대부분의 시들 속엔 누군가 내 얘기를 들어주거나 제 속사정을 들여다봐주었으면 하는 마음이 담겨 있다. 하지만 시는 각기의 주관적 체험의 절대화나 자기 성취의 욕망의 도구가 아니다. 그저 아무런 장식이나 가리개 없는 벌거벗은 마음으로 세상을 대할 때, 한 그루 자작나무는 우리에게 말을 걸거나 저희들끼리 속삭이는 말들을 들려준다. 무심히 존재하는 모든 것들의 기쁨과 슬픔을 기꺼이 나눠 가질 수 있을 때, 비로소 그 사물들의 꾸밈없는 소리를 듣거나 그 사물들이 전해오는 생생한 말들의 향연에 초대될 수 있다.

하지만 그러한 그 생동성의 세계에 참여하거나 그걸 엿보거나 듣는 일은 말처럼 쉽지 않다. 특히 그들과의 교감은 그저 타고난 성품에서만 기인할 수 없다. 생래적으로 타고난 성품과 더불어 인간으로서 그 도리를 반복적으로 성찰하는 후천적인 집념과 노력이 요청된다. 어떤 경우에도 인간적 예의와 품위를 잃지 않으려는 저만의 도덕률을 제 마음 속에 갖추고 있을 때, 사물들은 혼자 힘으로 다가가기에 역부족한 언어의 등을 밀어준다. 때로 어쩔 수 없는 극단적인 실존상황과 감당할 수 없는 고통에 직면한 가운데서도 마치 당연하다는 듯이 모든 사물들은 제 말문을 열기 시작한다.

가장 개별적이면서 가장 보편적인 것을 생명으로 하는 시는, 따라서 한편으로 자기만의 실존적 근원을 찾거나 그걸 해명하는데 만족하지 않는다. 자기 민족, 나아가 그가 소속한 문명의 근원 경험을 직관하고 통찰하는데 가장 효과적이고 적합한 양식으로 작용한다. 당장은 이해 받지 못했다고 할지라도, 당대를 훌쩍 뛰어넘는 아름다움뿐만 아니라 끔찍하고 추악하기까지 한 시대 인간들의 무의식과 어두운 역사의 진실을 가차 없이 드러낸다. 각기 한 편의 시들은 그런 점에서 한 개인의 실존적인 차원을 넘어, 한 집단의 운명을 언어로 쓴 역사적 드라마이자 거대한 무의식의 사상사다. 우리들의 마음 한 구석에 자신도 모르는 자기에 대한 각성이자 전우주적 실재와 만나고자 하는 불가역적인 심령의 움직임을 나타낸다.

좋든 싫든 그 운명이라는 타자는 그런 점에서 한 시도 '나'와 분리된 적이 없다. 뭔가를 지향하고 살아갈 수밖에 없었기에 늘 우린 내가 아닌 것을 동경해왔지만, 실상 내 것이 아닌 적이 단 한 번도 없는 존재가 운명이다. 어떤 식으로든 마주하고 기꺼이 마중해야할 타자의 간절하고 절실한 호명에 가깝다.

나는 이처럼 늘 우리들 깊은 마음속에서나마 함께 해 온 운명이라는 타자와 아직 오직 않는 것들을 기다리는 있다. 아니, 뭔가를 강제하고 명령하는 것이 아니라 전적으로 나의 처분과 자유에 맡기는 그 운명의 맨얼굴과 마주하고자 한다. 어쩌면 지금 이 순간에도 제가 뜻한 바대로 '나'를 이끌어가고자 할지도 모르는 운명에 대한 절대적 손길과 악수하고자 한다. 미처 그동안 알아차리지 못하거나 원치 않아도, 수시로 말을 걸며 자신의 존재감을 드러내곤 하는 그 어떤 힘에 나의 무한한 공감과 절대 긍정 속에서다. 무엇보다도 마지막 남은 우리들의 대책 없는 순정한 마음속에서다.

때로 나는 아직 '나'와 같이 갈 데가 있다는 그 운명의 목소리를 듣는다.

5. 부분은 전체보다 크다.

보통 우린 전체가 부분의 집합으로 이루어졌다고 믿는다. 부분들의 집합이 전체라는 전제를 믿어 의심치 않는다. 다수에 대한 제논의 역설Paradox of Plurality은 여기서 한 단계 더 나아간다. 제논에게 전체는 부분(다수)들의 집합 이상이다. 객관적이고 합리적으로 양화量化할 수 없는 잉여의 존재다. 아리스토텔레스는 역시 '전체는 부분의 합보다 크다'고 말한다. 어떤 경우에든 부분은 전체의 한 부분일 수밖에 없다는 주장이다. 수학적으로 부분의 합은 기껏해야 전체의 일부라는 얘기다.

예컨대 '하나의 달이 천 개의 강물에 비춘다'는 불교적 의미의 "월인천강月印千江'적 인식도 이런 전체론과 크게 다르지 않다. 이른바 부처의 가르침이 달빛처럼 모든 사람의 마음에 깃들어 있다는 교리는, 모든 부분들 속에 전체가 함유되어 있다는 입장이다. 하지만 그렇다면 낱낱으로 존재하는 '천 개의 강'은, 그 어떤 주체성이나 자립성도 없는 전체로서 '하나의 달'의 단순 반영체에 불과하다. 그 낱낱의 강들은 저만이 가진 흐름의 우발성이나 굴곡의 예외성이 인정되지 않는 하나의 전체로 전락한다. 그저 '달빛'을 곧이곧대로 비치는 수동적인 객체이자 한낱 특색 없는 부분들의 집합체로서 존재할 뿐인 게 '천 개의 강'이다.

하지만 거대한 군집을 이루며 한 날 한 시에 일제히 피어나는 꽃들을 보자. 자세히 살펴보면, 놀랍게도 서로의 색깔과 모양, 키와 향기가 다 다르다. 비록 한 덩어리로 묶여 장엄하고 신비한 풍경을 연출한다고 해도, 각기의 꽃들은 저마다 비교 불가능한 우주를 품어서 아름답다. 달리 말해, 한 그루의 꽃이나 하나의 강은 단지 어떤 불변의 전체 또는 어떤 본질을 성립시키기 위한 기계적 부품이 아니다. 특히 그것들은 모든 것을 넘어서고 모든 것을 포용하고 관장하는 초월적인 존재를 위한 하위존재나 종속물이 아니다.

짐짓 비가시성 때문에 곧잘 무시되거나 없는 것으로 취급되기 쉬운 각기 개체들을 다시 한 번 주의 깊게 살펴보자. 그러면 놀랍게도 우린 각기 개체들이 또한 그만의 고유성과 독립성을 가진 존재로 분절과 구별이 가능하다는 것을 알 수 있다. 비록 아주 작은 차이지만 소중하고 진정한 차이를 갖고 있는 존재들이라는 인정할 수밖에 없다. 특히 그럼으로써 우린 각기 다른 개체들이 저마다 무한의 속성이나 질서를 품고 있는 것을 느끼게 된다.

이처럼 세상에 존재하는 모든 것들은 전체로서 수직적 위계질서hierarchy인 상위의 보편자에 귀속시킬 수 없다. 특히 모든 부분을 전체의 합을 위한 요소로 여기거나 전체와 부분의 일체성에 대한 강조는, 본의 아니게 존재론이고 인식론적인 전체주의로 흐를 가능성이 크다. 더불어 어떤 공통의 척도로 잴 수 없는, 부분으로서 각 개체들이 지닌 무한성에 대한 일종의 조롱이자 모독의 행위로 이어질 있다. 누군가에겐 어느 것보다도 비교할 수 없을 만큼 작고 희미하지만, 저마다 너무도 큰 가치와 존재 이유를 갖고 있는 부분들에 대한 철저한 무시이자 무화의 사태가 아닐 수 없다.

최근의 팔레스타인과 이스라엘 간의 피 흘리는 전쟁이 그 단적인 증거의 하나다. 그 원인이야 어쨌든지 이들 간의 건널 수 없는 적대적 사건은 우리가 여전히 참혹한 세계적 조건 속에 놓여있다는 것을 보여준다. 앞으로도 우리가 그로 인한 죽음의 공포와 실존의 고통 속에서 자유로울 수 없다는 것을 확인시키고 있다. 전체화할 수 없는 부분들의 동일화로 일어나는 폭력적 비극의 사태가 다름 아닌 국가 간, 민족 간의 전쟁을 부르고 있는 셈이다.

이미 여러 차례 밝힌 바 있지만, 젊은 날 나는 '전체는 무엇이고, 부분은 무엇이냐'는 일생일대의 화두에 붙잡힌 바 있다. 80년 5월의 어느 날 불타오르는 광주 MBC 앞에서였다. 앞으로 함께 나아갈 땐 콘크리트처럼 단단한 조직처럼 보였지만 물러날 땐 마치 모래알처럼 뿔뿔이 흩어지는 성난 시위 군중을 지켜보면서였다. 문득 나는 과연 지금 내가 믿어 의심치 않는 역사의 진리는 무엇이고, 특히 군중들의 실체를 무엇인가란 그런 의단疑端에 사로잡힌 바 있다. 그러면서 갑자기 분노로 그러쥔 손에서 힘이 빠져나가고 언제라도 도망갈 태세의 뒷다리가 저절로 풀리는 것을 느낀 바 있다.

시집 제목이기도 '부분은 전체보다 크다'는 나의 무모한(?) 선언은 이와 깊게 관련되어 있다. 마치 '잔디 깎기'처럼 모든 것들을 규격화하고 평균화하는 근대적 폭력의 세계 속에서 설령 그게 잘못된 논리적 판단이나 물리학적 오류로 판명될지라도, 당분간 나는 각자마다 결코 공통분모로 환원할 수 없는 심연과 높이를 갖추고 있다는 생각을 쉽게 포기하거나 양보하지 않을 작정이다. 부분이 전체와 동등하다던가, 서로 그것들이 융통자재하다는 정리定理나 주장에도 동요하거나 곁눈질하지 않을 셈이다.

황금알 시인선